三峽九歌

三峽抒情史詩

斯夫 著

目次

啊

大江

你這自由的天生

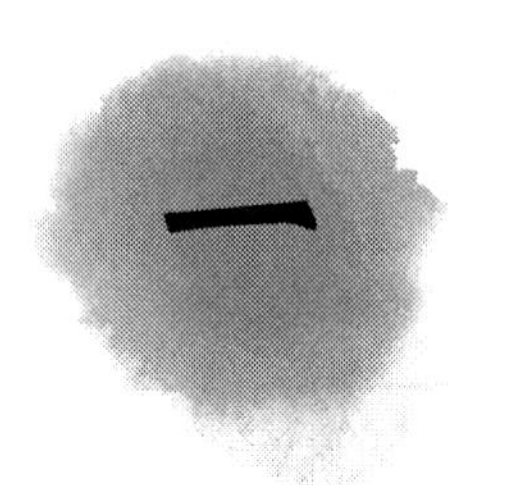

一 序歌

傾斜了
雲崖的壁立
壓折了
長峰的逶迤
凝固了
岩溶的抽泣
皆裂了
洞穴的睥睨
遲到的
還在擁來
擁來的

還往前擠
重巒
疊嶂
峻嶺
絕壁
峭崖
嶮巇
……
……
擁來的全是
大山的親戚
你，挨著我

我，緊貼你
擠了？再擠
後面還有
擁來的
那麼急促
只聽見
大山們的
心悸
那麼密集
容不下
大山間的
閑隙

承受了
再承受
大山們的軀體
壓抑了
再壓抑
大山們的心理
沒有躁動
山，有山的威儀
沒有抱怨
山，有山的胸臆
沒有張皇
山，有山的定力
沒有哀乞

山，有山的骨氣

大山的親戚啊
鐵青著臉
繃直，繃直軀體
黑沉沉的兩廂
擁著一路大江
注目肅立
遲到的
還在擁來
擁來的
還往前擠
……
……

二

蓬散了
飛瀑的髮髻
錯亂了
渦漩的馬蹄
躊佇了
湍流的回逆
傾洩了
駭浪的暴戾
遲到的
滾滾湧來
湧來的

滔滔橫溢
漣漪
狂瀾
鼓噴
山溪
飛湍
流激
……
……
湧來的全是
大江的胞裔
你，迭化我

我，融入你
沖啊，再沖
後面還有
湧來的
那麼執著
拽不開
大水們的
投入
那麼癡迷
擋不住
大水們的
心儀

澎湃了
　再澎湃
　　大水們的軀體
激憤了
　再激憤
　　大水們的心理
哪有休憩
　水，有水的耐力
哪有放棄
　水，有水的專一
哪有終極
　水，有水的進擊
哪有軟弱
　水，有水的剛毅
大江的族系啊
　淚流揮灑
竭盡，竭盡全力
　昏沉沉的一路
拽著大山兩岸
　呼天搶地
遲到的
　滾滾湧來
湧來的
　滔滔橫溢
……
　……

三

天
　小了
　　硬要擠進
大山的肩際
雲
　扁了
　　總想嵌入
大江的浪隙
太陽和月亮
　　好容易逮住

正午和夜半的
　　空白
輪換著
　　探半個腦袋
山際
霧
　一改
　　漠然來去無稽
不時
　　悄悄地聚散
早一陣
　晚一陣
　　直歎粗氣

啊，誰錯過
壯烈千古的
別離
就將把
千古憾遺
啊，來了
大山的親戚
為了這
撕心的別離
啊，來了
大江的胞裔
為了這
斷腸的依依

遠自
格拉丹冬（註一）
雲天之際
太虛茫茫
孕育
冰峰崛起
那裡的天
湛藍而高遠
卻從不溫暖
春意
超然物外地

開啟
永恆和空寂
那裡的地
潔白又晶瑩
卻一味掩埋
生機
表裡如一地
展示
澄淨和單一

太陽
怒火中燒
總想變一番
天地
於是
拚命地耗磨
自己
只贏得
氣喘吁吁
蒼白無力

註一　格拉丹冬，海拔六六二一公尺，唐古拉山主峰。位於東經九十一度，北緯三十三點五度，坐落在青海省西南，為長江發源地。該峰攢聚五十餘冰川群。

啊
　大山和大江
　　卻偏誕生在
這片
　生的死寂
孿生叛逆的
　苦難孩提
蹣跚在
　春的禁地

五

涓滴
　剛出世
就遭遇
　打頭風的
　　淩遲
嚴寒和封凍
　瞬息就奪去
　　流動的權利
堅冰和撞擊
　蠻地碎了
　　希望的漣漪
冷酷與僵硬
　陰地封殺
　　蠢動的生意

啊，涓涓

不懈地拉長
細頸
尋覓
心音
一次次跳出
胸腔
嗑擊
呵，孱弱搏動著
頑強
終於感化了
一溪的寒意
乏了
累了

大山的懷裡
喘息
闔上眼
舒一腔
憋氣
再往前移
山岬
一探頭
就招致
大雪暴的
襲擊
反覆和乖戾
翻臉就撕毀

祥和的飄逸
雪崩的暴戾
渾地葬埋
嘗試的盼企
白色的一統
刷地飾掩
另類的突起
啊，嶙嶙
瘦骨掙扎出
山體
抗擊
犄角
一次次頂破

重重
素裹
呵，拳拳貫注著
剛毅
終於撐起了
一寸的自己
乏了
累了
溪水的暖流
湧來
撫傷痛
剝一層
冰肌

繼續開闢
你為我
避寒流
颼颼
奉火團
依依
我為你
捂凍足
拳拳
唱小曲
唧唧
莽蒼空闊

應答著
換幾多
慰藉
溝壑分歧
牽扯著
醒幾度
執迷
尋幽的誘惑
竄出
揚花中
滔滔
難以自己
昂首蒼穹

虎虎大山警惕
無語中
滔滔又
奔湧前移
坍塌的壅閉
突發
愕然中
磊磊
茫然杵立
攔腰發力
洶洶大江蕩滌
會意中
磊磊又走出淤積

給予
是彼此的充實
理解
是雙向的靈犀
啊，終於
蠻荒中巍巍走來
江山萬里的
雄奇
啊，終於
苦難中勃勃生發
天地千古的
偉力

啊，天地昭昭
日月可表
千里萬里
滾滾東下
一如既往
生死相依
把萬里雄奇
一展到底
去成就
氣象一派
莫辜負
千古偉力
到沿海

新個異
開闢特奇
推大山
過把癮
和大洋
做個鄰里
從此讓
大東海
不憾天低
改一番
山川走勢
西高東低
海平面

垂直高度
通天長梯
乖落差
上雲巔覽
太陽沐浴
抖寒氣
煥元神
勃起
又羞紅
羞紅那
一抹晨曦
……
……

進取的投入
想不到
瞄準的卑鄙
坦蕩的親密
總不防
毒邪的妒忌
秘室的怯弱
披掛起
斑斕的虎皮
暴戾的利刃
透心的
陰氣直逼：

「大山，就地，禁——閉
挖——掘，爆破，苦役」
呵，匠氣野心的
　　澆鑄
要肢解大山
　　地獄墊底
「大江，終——身，流放
日夜，不准，停——息」
呵，自然攫取的
　　盲目
要腰斬大江
　　身首各異
啊，從此剝奪了
　　大山和大江
患難與共的
　　親密
啊，從此支解了
　　大江和大山
浩然東去的
　　傳奇
啊，美好
　　在孕育中

慘遭雷殛
豐收
正到來時
爛在田地
大廈
在藍圖裡
碎成瓦礫
那來的
橫蠻無理
匪風霸氣
誰給的
獨斷專制
絕對權力

為什麼
暴戾的決策
總那麼
私密
為什麼
酷吏的執行
總那麼
剛愎
既判決
大山與大江
分離
為什麼
不問問

山們和水們的
民意
服從的堂皇
掩伏著
算計
一致的保持
陰吞了
正義

七

擁來呵
擁來
大山的親戚

湧來呵
湧來
大水的族系
為了這
撕心的別離
為了這
斷腸的雄奇
此一去啊
再沒有
壯闊迤邐
此一去啊
再沒有
偉力崛起

空餘那
劃一的平平
爭幾多
侏儒的高低
更添那
直沖霄漢的
雞們的牛皮
倘若有
雲鶴孑立
便將那
一隻眼的境界
暴露無遺
也常有

各色淺丘
假冒
大山名氣
糊弄些
廣告伎倆
堆積
鼓噪些
鑽營蟲蟻
終難掩
淺丘的偽劣
根基
啊，失去了
橫絕峰巔

與天齊
再難見
千雷轟鳴
萬馬疾
失去了
豪邁噴湧
共揚抑
再難見
峭崖鷹巢
和雲棲
啊，從此
從此分離
大山

沉沉地背負
悲戚
把身軀
默默投進
大江
「寧死，不願分離」
呵，偏偏
太高
太大
大江的心軟
忙托起
連死

也被拒絕
大山啊
永遠地
失去自己
把頭顱
絕望進
雲翳
啊，從此
從此分離
大江
盈盈地盛滿
悲戚
把淚臉

忿忿撞向
石壁
「寧死，要在一起」
啊，偏偏
太柔
太流
大山的情深
忙退避
連生
也要勉強
大江啊
永遠地
嗚咽不已

投淚眼
哀怨向
天際

八

死亡之門
緊閉
生命之門
開啟
竟然是
大山與大江的
悲泣
回天無力啊

大山與大江
只剩下
匆匆話別的
距離
啊，大山擁來
長峰列列
此伏彼起
引大江一路
激情跌宕
澆鑄自己
啊，大江湧來
雲濤簇簇

高揚低迷
舞大山兩袖
倩影婆娑
澎湃激勵
啊，大山
大江的立定
流動的上升
啊，大江
大山的流徙
峰巒的倒立
形可以離
心誰能分

大江啊
放逐天涯
留
情深一泓
滋潤那
終身的幽僻
大山啊
就地禁閉
任
元神長追
伴隨那
無期的浪跡
啊，分別在即

各自東西
哪怕再三
交換過
慰藉：
「分別不過
形體的距離
忘記才是
心靈的放棄」
然而啊
理性囫圇的
悲苦
要經過
情感的熬製

傾心相許的
精神果實啊
璀璨無比
卻太飄逸
情感的饑渴啊
要實在
血肉之寄
兩廂的沉沉
啊，擁來
壓低
再壓低
中流的滔滔
啊，湧來
揚起

再揚起
壯烈千古
吻別喲
傾心
再傾心
呵，天
濕了
陰沉沉
霧喲
靜悄悄
泛起
雲喲
碎了

失色的
太陽月亮喲
昏迷
啊，分手
勾魂的命逼
啊，分手
擁有的瞬息
剛分開
又撲去
拜別過
再偎依
分手——吻別
難割離

生拉——活扯
不由己
啊，殘暴的
到底臨蒞
無情的
終於降至
大山和大江喲
三拜又三別
迴腸盪氣
吻三吻呵
天地驚
鬼神泣
日月星辰
盡唏噓
身臨定格
斷腸地呵
能不長太息
迷茫的雲雨
淒淒
清冽的長風
戚戚
飄送過
三五聲
求偶的
猿啼
……
……

九

不清楚
是何緣起
何人
何時
何地
把「三峽」
叫響
一代
又一代
傳遞
從那時

再無人
提及
大山和大江
天驚地泣
別離
只知道
瞿塘
巫峽
西陵峽
渾不顧
三拜三別
斷腸地
天呵
地喲

竟死寂

呵，冤屈
在三峽裡
圓寂

大山深處
積多少
怨氣聲聲
蕩激

大江心底
翻多少
辛酸汩汩
橫溢

為什麼
「三峽」之名的
響起

竟要把
三吻三別
更替

為什麼
迷戀多姿的
三峽形體

反忘卻
形成三峽的
悲壯來歷

啊，三峽

現在的你
竟被圈作
「工地」
甚至
添足為
「容積」
又一個千年
開啟
三峽啊
什麼是你
面對這
異化的危機
本真的你呵
何處尋覓

啊，三峽
經緯亙古的你
怎領受
新的千年
開啟
……
……

二

化境

啊，三峽
湧來多少
激情
無論目之所及
或身之所觸
徒任那驚詫叢生
勃勃詩興
眼不夠用啊
五臟烹
輾轉反側啊
苦索難以名

啊，又有多少丹青
驚歎江峽
雄奇連崚嶒
迤邐含水鏡
疊生那無盡幻象啊
空折殺
霸氣大師
自負的水墨狂生
領新潮
縱使高清晰
高科技
攝像攝影
長炮短槍啊

紛呈
面對這山色波光
縱嶺橫峰
驟變陰晴
徒留一腔啊
憤然不平
又多少琴師樂人
總閉目聆聽啊
那天籟叢生
洪峰夔門爭
飛瀑漱石驚
貫峽長風韻
落木秋雨橫

擊節歎
神韻之一哼
探險的不倦啊
千古走來不停
總好那山奇水絕
化為孜孜踐行
飽享那涉水爬山
險遇絕境
風天雪地啊
描狀身乏啊
刻骨心驚
踏縴夫路啊
追鷹巫山頂

夜月空山寂啊
　孤旅品幽靜
苦累筋骨瘦啊
　生就探奇命
散盡千金啊
　贏得那
　遍體滿腹啊
　　歷險經

二

啊，三峽
　山川盛宴啊
　　大美之烹

叫你名勝
　譽你美景
　　歎你化境
都是那
　自然天賜啊
　　水靈山精
浩浩
　萬里風采
　　攜來大江龍騰
巍巍
　演化神韻
　　傲立群峰風迎

來三峽啊
　登攀淩絕頂
看大江逶迤啊
　蜿蜒蛇行
切深谷幽壑啊
　群山演兵
東風颯爽啊
　楊柳青青
秋陽高照啊
　霜葉蒸蒸
青綠春榮啊
　紅黃秋盈
斑斕一派啊
　江山多情

不是人工虛矯啊
　盡是大野的天成
駕一葉輕舟啊
　體悟那啊
　　急速飛騰
掠去的絕壁險灘啊
　浮光掠影
　　難定睛
　　　看不贏
　　　　呼不定
身心起伏在啊
　魄散魂驚

從此有一番啊
　頓悟的充盈
故友相逢問啊
　何處覽大勝
山水奇絕三峽冠啊
　有口皆碑同聲
迢迢萬里客問
　脫口薦心傾
天下之勝不可數
　三峽銷君魂啊
　　豈是言語爭

三

啊，三峽
　湍流誰駕啊
　　七百里風乘
長峽蜿蜒穿針啊
　興沖沖一路踏青
偏遭遇那巫山
　仗秦巴之勢
　　逞威擋橫
喝令大江扭頭
　改道倒行
大江倔啊

滔滔擰

滾滾無休停

冥冥億萬年啊

眾流奪一徑

濤無牙啊

水無刃

江流有恆

日月可證啊

不舍晝夜

不棄雨晴

唯有那流水

默默　冥冥

滔滔　浪浪啊

切峽兢兢

終贏得啊

列陣的萬山

石裂岩崩

捂創深深啊

空谷悲鳴

荒煙飛散

夾岸爭睹

長波御風正

……

……

下三峽啊

登舟渝州城

匯濁清
揚子擁嘉陵
順流下啊
長濤駕長風
白雲乘
餐秀色啊
發不完的絕贊
舀不盡晶瑩

四

大江為經啊
織那沿岸勝
展袞袞大美
衍煌煌文明
喘息了
漩渦鼓溢
穿插了
絕壁雲峰
疊化了
山居鄉村
交替了
古鎮小城
開胃盛宴前啊
小三峽大江先呈
貓兒西望啊（註一）
銅鑼、明月東經

長峽扼險關
峭崖雄高
聚落嵌寬谷
溉瀾溪畔啊（註二）
芳草青青
唐家沱、峽口、魚嘴
廣陽壩、木洞、長壽
藺市下涪陵（註三）

攔來烏江同行
喧囂過啊平都山（註四）
陰王連袂猙獰
千年鬧鬼城
忠州江岸玉印峰
石寶寨飛升（註五）
萬山之縣啊

註一　即貓兒峽，在重慶以西，銅罐驛下五里。與重慶以東銅鑼峽、明月峽合為重慶三峽。

註二　溉瀾溪，朝天門外，渝水北岸，出重慶第一古鎮，有三孔石橋相連，江岸有青草壩。曾為筆者祖居之地。現已淹沒。溉瀾溪與寸灘、頭塘相連，有「小橋流水人家」之古風餘韻。

註三　唐家沱、峽口、魚嘴、廣陽壩、木洞、長壽、藺市、下涪陵等俱為沿江古城鎮，老碼頭。

註四　平都山，道教名山。位於豐都縣城東北隅，亦稱酆都名山。

註五　玉印峰，長江北岸突入江心之數十米高的奇峰，傳說女媧補天所遺之巨石。由江岸修建，層層樓臺亭閣，直至山頂，巍然壯觀，故稱石寶寨。原景盡淹，所餘如盆景殘存。

太白雲岩頂
　對弈一局啊
　雲觀天子城
斜照西山鐘樓（註六）
　一抹客船迎
浪急巴陽峽
　熬鹽古雲安
　飛鳳山麓江風清（註七）
白帝飄彩雲
　永安宮、依斗門
　高懸七曜明（註八）
從江畔鋪平
　櫛比層層

連山菜花啊
　金黃澄澄
一水波光映
炊煙縷縷逐雲
　黃花串串瓜藤
古榕婆娑
　茂竹秀婷
　江口漁船散
　山坳寺鐘鳴
白鷺呆呆水岸
　慢牛悠悠田埂
更兼那桃紅李白
　粉牆黑頂
幾千年漁樵耕讀

與江峽共生　　陸坎石級
吆喝聲聲
碼頭鬧營營　　盤旋逛老街
來往送迎　　群山抱市井
箱籠、包裹、背簍　　江灣枕啊
扁擔、槓子、籮繩　　卷帆歷歷

註六　太白岩，天子城，西山鐘樓俱為萬縣勝景。太白岩，傳說為李白弈棋，飲酒之處；天子城，古萬州八景之一「天城倚空」，劉備伐吳屯兵於此，故得名；西山鐘樓建於一九三〇年，凡十二層，高五十點二公尺，與上海海關鐘樓齊名，係長江沿岸勝景，堪稱萬縣市標誌性建築物。

註七　巴陽峽，雲陽境內長江險峽。昔日船工最懼怕之峽，號稱川江虎口！故有「自古川江不夜航」，其要害即為巴陽峽；雲安，雲陽古鎮，自古熬鹽；飛鳳山，雲陽江南岸山麓，張飛廟建於山下。

註八　白帝城，永安宮，依斗門，俱為奉節古遺址。白帝城，位於長江北岸，瞿塘峽口之東，白帝山上，為西漢末年割據蜀地自號白帝的公孫述所建，故名；永安宮，蜀漢劉備托孤故址；依斗門，夔州古城門。杜甫曾有詩「夔府孤城落日斜，每依北斗望京華」。所依之鬥，乃北斗七星，指代中央，帝京也。

暮色深又掛桅燈
一港星星
搖碎萬千波影
千秋伴江峽啊
江山城啊
山江城

五

啊，江瞿塘
山夔門（註九）
結對陰陽
相佐動靜
遙遙望啊
交感呼應
山疊嶂
奇觀呈
大珍大山生
似序曲啊
導引
如鋪墊那
逐次抬升
陰河汩汩啊
出天坑（註十）
見光明
為眾水助興
山夔門啊
崔巍氣定

對視瞿塘啊
　風送對歌聲

瞿塘，巫峽，西陵
　一程又一程
夔門一入啊
　赤甲、白鹽閱兵
銀盔戴
　雲霧飄雄纓
赤甲披

隱隱血染征
出川東下啊
　雄關厄峙
　　鐵索猶錚錚

雲峰緊啊
　高崖傾
　　擠壓江天疼
浪打浪啊
　波連波

註九　山夔門，位於長江南岸之奉節至天坑途中。與長江夔門遙相呼應。

註十　小寨天坑位於北緯三十度四十四分二十三秒，東經一百〇九度二十九秒，距奉節縣城九十一千米的荊竹鄉小寨村，地球第四紀演化史之實證，亦為應證長江三峽成因之「活化石」，世界洞穴奇觀之一。

滿腔積怨撞絕壁
　奪路叫罵猙
雲重雲啊
　霧疊霧
　　張力迸發天亦瘦
　　悠悠一線縫
　　　東口含大溪
尾擺涓涓黛溪清
　乘夜回眸西望
啊，月下犀牛啊
　　翹首通靈

柳抽條啊江水平
　揚子吞大寧
眾水泱泱匯啊
　　古城抱銀鏡
　　九曲沖波高峽疊
　　　懸棺隱隱
激動那湍流
　回溯多情
啊，崢崢
　三峽再三峽
揚子、巫溪、馬渡河

大套小啊
小又小小
連環競秀境
竹縴溜啊
逆水撐
險峻迭更
飛流下啊
浪尖舞啊
柳葉舟輕
引來那
一線天上驚愕
盤桓蒼鷹
巫峽百里醉啊

曼妙秀幽冥

七

上控巴蜀啊
下扼襄荊
香溪口起啊
南津關停
大美與至險啊
一母孿生
礁石集精怪啊
亂灘惡水橫
青灘、二灘、三灘
鬼門牙猙獰

大珠、頭珠、二三珠
珠珠碎卿卿

狼尾食人灘（註十一）
濤雷崆嶺

累累白骨塔伶仃（註十二）
客死誰招魂

兵書寶劍
牛肝馬肺
峽風颼颼不忍聽

白狗峽、黃牛崖
脫險境啊
收驚魂歸寧

揚江帆
細浪拍燈影
三遊洞啊（註十三）

地鼓蕩迴聲
萬難兇險去

闖西陵啊
鏖戰悅鳴鐙

浪下南津關啊
江闊一碧鏡
沙鷗翔啊
白鷺涉
波瀾不興

啊，三峽
天地之大美
全方位浸潤立體
　從感官入侵
　到震撼心靈
聽
石壁濤狂
　擊岸千山雷鳴
看
峭崖松懸
　絮雲一繫枯藤
掀
飛瀑長簾
　色譜夕陽蒸
惜
香溪養昭君啊（註十四）

註十一　青灘，二灘、三灘，大珠、頭珠、二珠、三珠，食人灘等俱為崆嶺中險灘、暗礁之險惡身死之地，現均炸毀，淹沒。

註十二　白骨塔，黃牛峽崆嶺岸邊為無數葬身江中冤魂所立。

註十三　三遊洞，位於湖北宜昌市西北七公里的江岸山崖上，為進出西陵峽峽口必經，唐宋明清歷代諸多名人游此，並賦詩題刻。

註十四　秭歸香溪乃王昭君故里，於秭歸上游匯入長江。

一去千年
誰問輸贏
啊，蒼天牽一線
日月亭午行
細雨圈漣漪
清風拂啊數帆影
更添那
春鬧杜鵑
夏逐洪峰
秋舀江月
冬悵崖冰
點綴些

霧散雲聚
潮漲江石烹
猿啼鳥掠
草長啼春鶯
四時變換啊
雨雪陰晴
總引發那
山曲野調啊
情發比興
歡笑聲鬧啊
少女懷春
漢子煽情
霜葉紅透

落木秋冷
江天雁叫啊
風送聲聲
江面秋水碧啊
客船輕輕
結隊背二哥
山道彎彎
長聲吆喝啊
聲動雲嶺
山與峽啊同行

九

啊！三峽

你是什麼
你這大野天成
集自然萬般風情
山有威儀啊
壁立雲蒸
石臥浪擊啊
堆雪玉珠烹
提及你
誰能不油然憧憬
走向你
誰能不步履酩酊
未見你
誰能稱美已盡收眼底
告別你

誰又能擺脫揪心耿耿
啊！三峽
悠悠誘惑
無形無定
現在過去啊
此生認命
你亂人心意
你夢人喚醒
洗滌彌彌凡塵
點化冥冥靈性
啊！三峽
你是什麼

你這風光的九鼎
自然美的引領

三

巫風

長浪從天際
帶來冰淩雪花
高原的叩問
一浪一浪拍打
沉默的雲崖
千堆雪飛濺啊
化為無數驚訝
又蒸騰雲天啊
借來那
晨曦晚霞
從白帝彩雲
到黃牛蘆芽（註一）

千古叩問啊
千古不答
亙古的執拗
山水結對的冤家
日升月落啊
潮漲浪下
啊，你是什麼，
三峽
卻總是，總是那
久久，久久地
揪心肝肺啊
把九曲迴腸
兜底撈掛

總是滔滔的問
總是深深的啞
把什麼，把什麼
千古生發
生生不息
源源無涯
從雪山來
到大海化
冰清的晶瑩啊
蔚藍的無涯

把山的霧啊
天的霞
把流的韻啊
浪的花
囂嚷的莽林
默默的高崖
窮谷的幽冥
山澗的喧嘩
一併幽幽化
鬱鬱巫風
從山野啊
到火塘前

註一　即黃牛峽岸渚之蘆葦春發。

火舌舔夜話
……
……

二

山際的雲霧啊
時聚時散
日月啊揮灑
萬千斑斕抹
天畫
峽間的浪濤啊
時湍時緩

漲落啊雜沓
無盡詠歎送
嘈雜
群山的綠樹芳草啊
時榮時枯
更迭啊冬夏
無盡霜葉孕
初芽
不盡的浪啊
無邊的畫
鬱鬱青山啊
斷壁峭崖

漫天雲霧聚散
一水清濁淘沙

天啊，悠悠
聚散
霧靄雲霞
山啊，勃勃
生發
竹木草花
抽芽
水啊，嘩嘩
訴說的濤雪
都是那千秋

傳說
都是那亙古
神話

三

剛浮現，又幽隱
　再泛起，又籠紗
霧裡的花啊
　　水中的月
　　　山谷風，颯颯
神女的家族啊（註二）

註二　即巫山神女。

隨雲霧飛來
順江流飄來
簇擁山谷風啊
訴說那
少女的歲華
千萬年啊
神女企盼
企盼那
禹王的神功（註二）
巨斧鑿峽穿
壅塞轟塌
眾水奔瀉
萬千野馬

顧不得啊
日升月華
顧不得啊
佳人牽掛
三過而不入啊
塗山女啊
長咨嗟
山風啊，細話
神女啊，
任洪荒演化
站上那雲端峰巔
導航的高塔
默默，還是默默

山風啊，不知倦乏
　總是颯颯
颯颯啊

太陽升　月亮落
歷秋冬　又春夏
神女啊，還站那
山風啊，還拉呱

四

月影下，山鬼
　溜出山啊
悄無聲息地
　偷望神女
也想披一肩秀髮
　英姿挺拔

幽谷裡搜尋那
　奇香的芝草
還有那山澗旁的
　三秀與石南
都是那

註三　傳說大禹以斧鑿峽，疏通大江。

瑤姬精魂化（註四）

香草啊雲鬢插
腰姿啊風擺胯
楚陽臺上
高唐觀下
夕陽紅了臉啊
沉醉中西斜
銷魂的玉體啊
通體酥麻
巫山朝雲啊
羞啊，羞
半推半就
把紅紅的簾
扯掛
巫山暮雨啊
澀啊，澀
扭捏牽扯
把霏霏的紗
飄飛啊
紛紛揮灑
雲夢之臺啊
何處覓
巫山雲雨的神話啊
勾引起多少春夢
醉一枕煙霞

啊！三峽的美女啊
　　媚誘天下
軒轅黃帝啊
　也把西陵女迎嫁（註五）
還迫不及待
　　以洞為家
從此天下啊
　　　把酒話桑麻
　啊，更傳那
　　森森地窟偏狹
　　　軒轅洞前
　香煙裊娜
　　亂雲繞廟塔
　呑象巴蛇

註四　三秀，見《楚辭》：「采三秀兮於山間，石磊磊兮葛蔓蔓」。漢代王逸注：「三秀，謂芝草也」，後遂以「三秀」為靈芝別名；石南，《本草綱目》：「生於石間向陽之處，故名石南」；三秀、石南俱為仙草；瑤姬，即巫山女神。

註五　見《史記》〈五帝本紀〉：「黃帝居軒轅之丘，娶西陵氏之女，是為嫘祖。嫘祖為黃帝正妃，生二子，其後皆有天下。」

三歲吐骨碴

獨足雲夔

霧裡騰挪

難逃慘烈殺（註六）

剝皮鼓擂

驚雷震天下

喚來那

沖天大鳳（註七）

長喙吮盡山泉

一嫑

讓山水之靈啊

驚愕那

食人白虎（註八）

垂涎磨牙

汨羅身葬啊

詩人神魚化

滔滔千里溯

秭歸長拜三匝（註九）

魚梟城頭啊

白帝彩雲駕

見證神龜鱉靈（註十）

逆流千里啊

古蜀稱霸

可憐吶

子規泣血　　望帝老眼花（註十一）

日夜驚心啊

聲聲都是　　悲風嘯

哀怨不盡啊　　獵獵貫長峽

註六　巴蛇吞象，典出《山海經》〈內南經〉。巴蛇吞象後，三歲而出其骨；夔，神獸名，見《莊子》〈秋水〉：「夔憐蚿，蚿憐風」，《釋文》：「夔，求龜反，一足獸也」，李頤云：「黃帝在位，諸侯于東海流山得奇獸，其狀如牛，蒼色無角。一足能走，目光如日月，其音如雷。名曰夔。黃帝殺之，取皮以冒鼓，聲聞五百里。」

註七　典出《韓非子》〈喻老〉：「楚莊王蒞政三年，無令發，無政為也。右司馬御座，而與王隱曰『有鳥止南方之阜（土山），三年不翅，不飛不鳴，默然無聲，此為何名？』王曰：『三年不翅，將以長羽翼；不飛不鳴，將以觀民則。雖無飛，飛必沖天；雖無鳴，鳴必驚人。』」

註八　白虎，古巴人圖騰。

註九　傳說，屈原投汨羅身化大魚，溯流洄游秭歸，以拜其秭。故有「秭歸」得名。

註十　鱉靈，傳說中古蜀王。其死，由荊溯江至成都，見蜀王杜宇，宇立為相，旋授以國位，號開明。

註十一　見揚雄《蜀王本紀》，望帝禪位開明，蜀民不捨。望帝去時子規鳴，故有李商隱「望帝春心托杜鵑」之謂。

都只為
斷頭將軍（註十二）
慷慨一諾無價
引不盡後人啊
瞠目驚訝
更有那
巴人橫刀
闔族背水戰啊
一腔熱血灑
雖落得那
暴屍荒野
血染江河汊
也總把那
千古之謎（註十三）
留得青史聚訟
長吁短歎
任爾塗鴉

七

指點些
望月犀牛
長浪拍雲崖
岩溶橫溢啊
和尚倒掛
兵書寶劍誰抽
裂嘴呲牙

逞威生吞啊　招徠那啊
牛肝馬肺　土家萬眾
披一身啊　雀躍驚詫
金盔銀甲（註十四）　沒日沒夜啊
索性順江啊
老營密密紮
惹得那
廩君眼熱（註十五）
哧哧土船劃　天梯渺渺

註十二　斷頭將軍，見《華陽國志》所記巴蔓子將軍。

註十三　傳說司馬錯率秦軍伐蜀，繼而滅巴。巴人闔族聚於古夔子國，與秦軍殊死血戰，無一降者，闔族戰死。

註十四　犀牛望月、和尚倒掛、兵書寶劍、孟良梯、金盔銀甲、牛肝馬肺等俱為峽中附會神話傳說之勝景。

註十五　廩君，巴人的先祖，為巴、樊、暉、相、鄭五姓之首。巴氏出於赤穴，其餘四姓出於黑穴。巴氏之子務相為五姓之首，尊為廩君。

危峭立高崖
青蘿黝黝
孟良梯上啊
搓手長咨嗟
無奈腳下乏力
滴水蒼苔滑

啊
說不清，說不清
你是什麼啊，三峽
卻總是，總是那樣
久久

久久地
把心撩抓
啊，三峽
你這生生不息啊
水流沙壩
隨水流來啊
千古神話

啊！三峽
你這大江長峽
雲峰峭崖
霧影幢幢
谷蔭煞煞
朝晴暮雨

老猿昏鴉
萬代鐘乳
億兆石花
石筍挺立啊
幽幽水滴落
飛身長探啊
懸乳乳頭狎
溶洞不見天啊
翻飛蝙蝠家
藏地窟森森啊
轟鳴放大

幽隱地底來啊
陰河嘩嘩
更有那
老林蒼蒼
蔽野天際無涯
老藤榛莽
熊羆出沒
盈尺大腳丫
苦苦搜索野人
風傳千年歲華
秘境神農架（註十六）

註十六　相傳神農架有野人出沒，曾有多家組織科考隊考察，發現大腳印、毛髮等多起，但終無定論。

紛說親眼睹啊
來去風一霎
渾身黑毛長啊
大步流星跨
白眼圓睛閃啊
憨笑露黃牙
蹭癢樹杈啊
紅毛亂髮
擄來男子漢啊
乳旁腋下夾
御風穿林莽
石窟生野娃
收羅些
石膏腳印

野矢毛髮渣
媒體嚷嚷啊
科學考察
颯颯長峽風啊
諄諄民俗化
羣巫霧隱曼妙
吟誦幽冥家
縷縷傳說啊
火塘煙霧麻
下養荊楚
尚饗三巴
曈曈地氣
袞袞天象

孕育千古神話
長夜圍坐啊
青燈爆花
幢幢投影啊
曳曳暗下

九

提及你
心潮湃長浪叩閘
走向你
雄風追奪闢奔馬
未見你
誰能言民族稟賦
告別你
誰能不九曲腸掛
攝人魂魄
悄然附體
基因命裡發
山的傳說啊
水的神話
風的奇聞啊
雲霧的八卦
我的三峽
眾神老家
濤聲啊

風吟
鄉里的拉呱
都幽幽隱入那
巫之山啊
逐浪的魚啊
搶灘搏浪花
紅紅的胭脂魚
青青的岩鯉
肥肥的江豬啊
持戟的象鼻鱘
水母追桃花
背刺千斤臘
一水的精靈啊

流不盡的神話
雲崖的晴陰啊
溶洞的石掛
掠飛的蝙蝠群
夜啼魚娃娃
山鴞鳴夜月
林猿號空峽
珊瑚蛇啊大白蟒
出林箐啊探崖岬
把崢嶸的群山
演練成幢幢鬼魃
啊，山水的雄奇

神鬼的幻化
花燈唱悠悠
竹枝千古踏
既是人神的交感
更是那啊
自然伴人文的通假

四

史詠

一

蒼茫大地啊
生命蟄伏
朦朧之光啊
霧隱幽浮
何時來啊
又何處繁育
千古之問啊
人來之初
神話傳說淵藪
上帝超人啊
創始神主

論戰糾結啊
孰勝孰負
中西雄辯啊
聚焦那啊
史前考古
北緯三十八度線啊
誰劃神秘的超度
人猿分野啊
亞洲與非洲
兩條大裂谷
東非與東亞
倒轉那時光啊
回溯，回溯

肯尼亞啊大三峽　　　　　悠悠

醒來了露西（註一）　　　化石細讀

走出了巫山老母（註二）

牽手少女啊　　　　　　啊，石化的龍骨

把世界環顧　　　　　　大溪洞窟

甜甜一笑啊　　　　　　致敬了巫山人啊

臼牙入土　　　　　　　遠東人始祖

兩百萬年啊　　　　　　人文從來吮吸

註一　由唐納德•約翰森等人於一九七四年在衣索比亞阿法爾谷底阿瓦什山谷的哈達爾發現之完整古人類少女化石，命名為「露西」。距今三百二十萬年，被一些學者認為乃人類起源。

註二　由中科院古人類研究所黃萬波等人於二十世紀八十年代在重慶巫山縣廟宇鎮龍坪村龍骨坡，發現的古人類臼齒、門齒、帶有二個牙齒的下牙床及下頜骨化石等物。被學界稱為「直立人巫山亞種」（Home erectus wushanensis），又稱「巫山人」，距今約二〇一至二〇四萬年。同時又發現大量其他動物化石及石器。

江河之乳

偉大的文明啊
大江大河哺
曠世的三峽啊
生發了悠悠遠古
從哪浩渺的洪荒
人猿揖別初
到那長江龍騰
舉世驚殊
千萬年啊
煌煌一展天書
從茫茫巫山啊
蹣跚走出

三峽民的原著
時隱時現的腳步
溯流巴水啊
登攀古蜀
下衍江漢啊
演繹荊楚
建始、長陽啊
累累化石出土
豐都、江陵啊
石器原初
興隆石哨啊
響徹長谷
劍齒象牙啊

幽現刻符
石鴞雕鐫啊
　神目圓凸
從背誠溪到屈家嶺
　從石家河到大溪古渡
從哨棚嘴啊
　到煙墩堡（註三）
新舊石器的族譜
　文化新種的延續
發掘的驚愕啊
　命名的酸楚

啊，大江日夜流
　關山重重渡
史前的系列生發啊
　又涵育青史廿五
完美的接續啊
　人類演化的寶庫
哨棚嘴的積澱
　從上往下數
六朝新石器

註三　興隆洞，屈家嶺、石家河、煙墩堡、哨棚嘴等俱為古文化遺址發現處，從新石器到六朝文物，橫跨數千年，現均淹沒。

歷歷可溯
雲陽李家壩啊
從夏商到明清啊
啟封那無字的
巴文化史書
千秋淤泥啊
萬卷研讀（註四）
啊，巴子國喲
你這山水之族
大山大江養就啊
豪爽熱情啊
形其文而性其武
雄踞萬山啊
圖騰白虎

爭流峽江啊
膜拜魚鳧（註五）
壯一腔熱血啊
生一副傲骨
蔓子一諾啊
項上頭顱
千秋香煙啊
青塚古墓
柳葉劍利
青銅牛首鉞啊
機巧弓弩
列隊編鐘祈神啊
獻祭銅豆拜祖

仰天膜拜啊
叩首匍匐
澄澄鳥尊高舉啊
奉酒禱祝
慷慨誓師征伐啊
虎鈕錞于鼓
陷陣巴師啊
拉枯摧朽

兵鋒所向啊
銳不可阻
千古之謎啊
圖語巴蜀（註六）
大蛇身纏啊
怪獸竄突
持花手心啊

註四　三峽文物搶救時，在雲陽李家壩發現的從夏商直到明清的古文化堆積層。其完整、系統舉世罕見。現挖取後陳列於三峽博物館。

註五　魚鳧，傳說中古蜀國帝王名。神話傳說蜀人先祖先為「蠶叢」「魚鳧」；蜀與「蠋」通，即野蠶。魚鳧，即漁老鴰，又通「魚腹」。

註六　巴蜀圖語，在春秋、戰國至漢出土之青銅器等器物上發現的刻畫符號。又稱巴蜀符號或巴蜀圖形文字，至今尚未識讀。

美以命護
金戈銅印啊
何以釋讀
佚之史籍啊
見之文物
斑斑銹蝕啊
歲華爬梳
融入華夏啊
英姿脫穎獨

從巫山北溯啊
不盡大寧深谷

大昌古城啊
群山抱珠
巫載之民啊
幽隱遠古
雄踞巫溪啊
結盟十巫（註七）
東控荊湘啊
西扼巴蜀
舞蛇丑北啊
舔鹽白鹿
鹵泉之滾滾
寧廠富足
交通川陝啊
澤潤荊湘

靈山十巫啊
　滋養巴楚

四

大鳳鬥夔龍啊
　利爪踏白虎
大冶之銅煉啊
　禮樂重器精鑄
鼎、簋、卣、彝啊
爵、觚、尊、壺
　饕餮龍鳳啊
雲祥獸怒
　曾侯編鐘清越啊
越王劍光奪目
　更有那描漆立秀屏
虎座鳳架鼓（註八）
　鉤沉些啊
刺繡繪彩帛
　鄂君節符啊（註九）

註七　見《山海經》：「大荒之中，有靈山，巫咸、巫即、巫盼、巫姑、巫真、巫禮、巫抵、巫謝、巫羅十巫」；大昌，位於大寧河中，曾為誣載國都。已淹沒。

註八　俱為楚文化出土文物精品，現藏於湖北省博物館。

註九　鄂君節符，即鄂君啟節，為戰國時的青銅節符，現藏於中國歷史博物館。

典章簡牘
　印璽錢幣啊
鳥篆蟲書
　大江滾滾啊
巴河楚天舒
　滔滔融匯啊
中原東吳

五

古道串啊
　秦巴巫山鑽
萬千山路
　蜿蜒石階數

水流湍啊
　鄂蜀千流汊
舟楫風渡
　碼頭穿練珠
關山萬重
　馬幫鈴聲蕩谷
長聲吆吆
　背簍柱打杵
穿峽百鎮
　雲帆風濟艇艫
纖繩蕩蕩
　塔山迎送江渚
長亭更短亭

蒿竿竹纜粗
腰店子啊
船板鋪
翻坳口啊
放流凫
水旱驛道啊
苦樂濁酒一壺
火鍋煙騰啊
紅湯毛肚
猜拳賭酒啊
酸菜味足
鹽巴腦殼啊

背二哥喊船夫
趕忙些來嘛
背時的么姑
趁早湯味濃啊
葷素一鍋煮

山谷洗墨啊
別駕貶涪（註十）
青石白鶴梁啊
瑞鱗情篤

註十　北宋元符元年黃庭堅貶謫四川，先後輾轉黔、涪、渝、瀘、戎諸州。曾於涪州、萬州、雲陽、瀘州、戎州等均留勝跡。

廝守千載兆豐年
歲歲待水枯
北山腰半點易洞啊
程頤朱子踱步（註十一）
鬼城天子殿啊
名山地府
玉鳴泉水清啊
清影三蘇（註十二）
橫江到西沱啊
女將英武（註十三）
「必自卑」題石坊
玉印峰突兀
「梯雲直上」啊

蘭若殿后稻米熟
石寶寨九重天啊
穿斗架構疊重檐
雲霄層層天梯豎
享譽世界啊
第八建築
石寶寨上雄視
帆影雲天渡
秋風秋水啊
白公憑欄處（註十四）
西山酬太守啊
題刻留千古
把酒送君航啊
瀟瀟雨南浦

太白岩啊萬安山　　悲聲永安宮啊

瀼西草堂蕪（註十五）　　蜀帝托孤

江上風清啊鳳翼展　　白帝城啊鐵鎖關

桓侯祠堂護（註十六）　　諸葛八陣圖（註十七）

青山大江幸啊

禮葬英雄顱　　夜色依斗門啊

註十一　點易洞位於涪陵長江北岸北山坪南坡北岩，為南宋「程朱理學」的發祥地。

註十二　豐都名山有玉鳴泉，蘇東坡父子三人曾遊此，並留詩文、題刻。

註十三　女將，秦良玉（一五七四—一六四八），字貞素，忠州（今重慶忠縣）人，明朝末年著名女將。其夫馬千乘為漢伏波將軍馬援後，世襲石砫宣撫使，夫亡代領夫職。抗清、勤王、平叛，征戰，戰功顯赫，敕封為二品誥命夫人。南明王朝追謚為「忠貞侯」。

註十四　西元八一八年白居易任忠州刺史，曾登石寶寨賦詩。

註十五　瀼西草堂為杜甫流寓夔州時所居。

註十六　桓侯堂即張飛廟，原在飛鳳山麓，原址淹。

註十七　鐵鎖關，即橫貫瞿塘峽之鐵索；即瞿塘峽江邊，由諸葛亮退吳兵所布水八陣。

神愴嘯老杜
引來劉夢得啊（註十八）
石門久摩撫
夔門摩崖題刻啊
千年日月睹

七

風一程啊
雨一路
空懸吊腳樓啊
櫛比沿江豎
巴東野三關啊
鎖鑰荊襄，咽喉巴蜀

清流七里峽啊
山鄉號三閭
絲竹彩雲飛啊
祭天焚香爐
嬰啼振山川啊
橫空詩人出
杜鵑啼秭歸啊
屈子故里哭
高峽走流雲啊
驚濤拍岸苦
香溪小山村啊
昭君淚古渡
大禹黃陵廟啊（註十九）
涉險平安祝

唐崖土司城啊（註二十）
夷陵掩灰土
　鄭集高崗楚皇城
昭王避強吳
　荊沙江陵北啊
風雲古郢都（註二一）

啊
說不清，說不清
　三峽啊，如何解讀
有人說
　你是歷史
　你是考古

註十八　即劉禹錫，號夢得，唐代大儒、哲學家、文學家、詩人，有「詩豪」之稱。曾任夔州刺史。寫有諸多《竹枝詞》。

註十九　黃陵廟坐落於西陵峽長江南岸黃牛岩下，古稱黃牛廟、黃牛祠，又稱黃牛靈應廟，原為禹王殿。

註二十　唐崖土司城，位於咸豐縣唐崖司鎮東三公里處，為湘鄂川黔土家族土司府，始建於元初。

註二一　俱為楚國遺址。夷陵，古稱彝陵，秦滅楚所焚故都遺址；楚皇城，在宜城市南七點五公里的鄭集高崗；郢都，楚國都，今荊州北紀南城。先後二十餘王都此，歷時四百餘年。

丹青彪炳啊
默默奔騰華夏之母
錚錚
定格滄桑龍骨
灼灼
洪荒石斧凝固
覓
三峽大裂谷
神秘研讀
北緯三十八度
走出那東亞始祖
峽江人之初
論

廩君服眾
土船主沉浮
上溯巴蜀啊
下發江漢荊楚
弔
懸棺尊尊
千年大夢熟
高崖雲枕臥啊
蒼鷹垂顧
勘
棧道彎彎
依稀血痕模糊
手攀足登啊

坎坷縴夫路
更有那
　狼煙四起啊
江山半壁慘荼毒
　三峽雄起啊
千里狂濤呼
　大搶運啊壯沉舸
堡壘精神怒
　西風獵獵啊
川軍浩浩赴

　草鞋、薄衣、單褲
秉承那
　巴人一脈啊
將軍斷頭顱
　釣魚城下
蒙哥大汗偃撲（註二二）
　楚風剛烈啊
雖三戶啊
　亡秦必楚（註二三）
感慨些

註二二　西元一二五九年八月，蒙古太汗蒙哥，攻釣魚城中炮風而薨。

註二三　戰國末年楚民謠之讖言：「楚雖三戶，亡秦必楚」。

女媧伏羲交尾
創世萬物
企盼富貴生衍
魂伴搖錢樹
夕照漢闕啊（註二四）
興廢幾度

九

啊！三峽
你是什麼
你這爭不完的功過
掘不盡的寶庫

提及你
誰能不神馳八極
走向你
誰能不屏息細讀
未見你
誰又能配論今說古
告別你
誰能不少小失怙

啊！三峽
變幻風雲啊
滄桑流亙古
不舍晝夜啊
逝者如斯夫

又把時代的喧囂啊
　默默的納入
像不盡支流啊
　滔滔流注
每一滴波光映射啊
　煌煌青史譜

註二四　俱為三峽出土文物，現藏於三峽博物館。

五

韻府

一

啊，三峽
　擁抱你的
任何人
　無論初次啊
還是多輪
　都難以抑制啊
　　那激動的心
詩人啊
　澎湃的情熱啊
幽顯的靈犀
　都化為那

峽風的雲
　脫口的韻
文士啊
　風雅勃興
精微的感應
　都化為那
情感的流
　文彩的奔
山民船夫啊
　三峽骨連筋
日夜廝守啊
　隨影隨身
風謠民諺啊

一江清純
哪怕是啊
　牛犢似的憤青
初涉世的混混
　身浸那
大美的狂潮吞啊
　暴一句粗口
也算是哪
　市井的率性
美與善的歸真
　入列了啊
三峽的熱粉

二

三峽的美啊
　茫茫洪荒妊娠
遠古的禮贊啊
　神話尋根
美總撩人啊
　愛極怨深
塗山氏的哀怨啊
　盼夫殷殷
「候人兮猗」（註一）
　千年空谷音

註一　見《史記》〈帝王世紀〉：夏禹娶塗山氏之女為妻。

峽江集啊
天地之精靈
育我曠古之詩魂

二

生大江啊
葬大江
滔滔盡是屈子吟
身披薜荔啊
髮飛女蘿
山鬼含睇啊
峰立擁雲
卜居不可得啊

國殤不可忍
霜風詠橘頌啊
發遂古之思
長夜獨天問
弔故都啊
哀郢放悲吟
佩玉執秋蘭啊
離騷絕唱汨羅沉（註二）
從此啊
江水流詩韻
楚辭九歌雅風清
煌煌華夏文脈發
種播基因

引來千古欷歔　　志華日月
熱淚沾襟　　高潔卓卓超群
　長沙賈生弔
汨羅江畔哭冤魂（註三）　　靈山十巫啊
　九淵神龍啊　　《山海經》鉤沉
沕水深潛啊　　靈藥採啊
　君子自珍　　瑤姬化精魂
三秀芬芳啊
南朝顏延年頌贊啊（註四）　　山澗幽深
　聲溢金石　　玄蛇探路

註二　〈山鬼〉、〈國殤〉、〈卜居〉、〈哀郢〉、〈離騷〉俱見《楚辭》。

註三　漢文帝四年（西元前一七六年），賈誼被貶為長沙王太傅，及渡湘水，經屈原放逐地，乃作〈弔屈原賦〉。

註四　〈祭屈原文〉，南朝宋文學家顏延之所作駢文，以弔屈子自況。

黃鳥殷殷
悠悠遠古啊
　艱難初民
闢荊山啊
　華路藍縷
處草莽啊
　跋涉山林
山高水險啊
　茹苦含辛
江漢朝宗啊
　大海欣奔
宋玉隨襄王啊

雲夢之臺登臨（註五）
詠風起青萍啊
　辨風性賦吟
高唐眺望啊
　行暮雨、旦朝雲
把男歡女愛啊
　意象入窖
彌久化清醇
　象無雙啊
美無極
　巫山神女啊
獨悅私心
　思陳嘉辭雲對啊
欲吐芬芳展蘭馨

從此啊神女
自江峽之山巔
　披巫山之雲
登文苑入翰林
　三峽標誌千秋立
巫山女神
　啊，神女
一甩三峽雲
　漫天輝彩繽紛
光鮮走進啊

四

世界學林

步宋玉後塵啊
　三峽漢魏興賦吟
漢枚乘詠〈七發〉（註六）
　登景夷臺啊望荊山
左江右湖啊
　波光粼粼
郭景純頌〈江賦〉（註七）

註五　見《楚辭》宋玉〈風賦〉、〈高唐賦〉。
註六　見《昭明文選》枚乘〈七發〉。
註七　見《昭明文選》郭景純〈江賦〉。

沖巫峽狂濤
撞赤岸白浪
流風蒸雷啊虹引
更有那
酈道元撰《水經》（註八）
踏勘親臨
體驗隱天蔽日啊
觀曦月亭午夜分
涉重岩疊嶂啊
朝發白帝，暮到江陵
一千二百里啊
御雄風乘奔
驚歎些

素湍綠潭
回清倒影
指點絕巘生怪柏
懸泉飛瀑
長谷漱雷音
清榮峻茂時傳
高猿長嘯
哀轉久絕啊
三聲淚沾襟
從此啊
開風行遊記
酈生拓新
引來徐霞客啊（註九）

大江源頭重論　　饒歌伴雅音

啊，灩澦回瀾夏秋
　　瞿塘如鏡冬春

五

風謠切切啊　　水漲水落啊
　　巫山高　　船家命門
悠悠相思啊　　灩澦象形啊
　　江濤莫問　　瞿塘上下
滔滔總疊聲啊　　船經縴夫吟
　　聲聲無確信　　多少命換啊
山野之謠樂府納啊　　船謠命根

註八　見酈道元《水經注》。

註九　見《徐霞客遊記》（上海市：上海古籍出版社，二〇一〇年）。

漁家水獺祭啊
崖下香火焚
出沒深淵驅魚
年豐正月春
《華陽國志》采風
山野民謠傳
巴蜀養常璩啊
一腔悲憫

滾滾大江流啊
滔滔盡詩吟
大江三峽美啊

詩流大唐甚
慷慨陳子昂啊
揮別白帝雲
客思坐何窮啊
出川渡荊門
巫山高不極啊
數峰沈雲卿（註十）
雷聲峽外長啊
月影江中近
超然王摩詰啊（註十一）
巴峽透初晨
過客他鄉語啊
啼鶯故國春

俊逸孟浩然啊
仙風不染塵
溯流憂帆緩那
挽纖厭苦辛
桃源何處是啊
遊子正迷津
舟行逆水難啊
浪疾流光陰
峽中唯寄語啊（註十二）
遙對人生問

傲岸風流種啊
狂客謫仙人
豪氣出川行啊
仗劍過夔門
天生少年才啊
題壁險峰臨
驚濤蕩胸懷啊
絕頂駕青雲
春風得意時啊
雲峰近北辰

註　十　沈佺期，字雲卿，唐初詩人，與宋之問齊名，時稱「沈宋」。

註十一　王維，字摩詰，大唐詩人，著有〈曉行巴峽〉。

註十二　孟浩然，留有〈入峽寄弟〉諸篇。

仰天大笑狂啊
盛名帝京振
贏得那少陵贊啊
筆落驚風雨
詩成泣鬼神
倏忽卅餘載啊
刑徒流犯禁
孤舟上三峽啊
苦酒欷歔吞
巫山夾青天啊
猿啼更森森
青天無到時啊
巴水黯然盡

縴引黃牛峽啊
晨發暮投昏
黃牛峽未過啊
潸然染兩鬢
誰解上三峽啊
夜郎恐勾魂
誰料過夔州啊
大旱大赦恩
揮淚辭白帝啊
返身出夔門
再無流刑苦啊
還我自由身
千里江陵短啊
不戀白帝雲

猿聲啼不住啊
輕舟萬重奔（註十三）
性本愛丘山啊
一蘸詩酒江月吞
嘯傲千金散啊
豈是蓬蒿人
幾度三峽上下
甜酸苦辣盡
漲落江水流啊

峽江換晴陰
無論春風鼓雲帆
或是秋霜染鬢
三峽的水啊
流的總是韻
三峽的山啊
永是凝神默默的
傾心知音
唐詩三峽集大成啊

註十三　李白〈上三峽〉詩，當為西元七五九年（唐肅宗乾元二年）流放夜郎，上三峽時所作。其時詩人已五十九歲矣。不讀此詩，無從理解〈朝辭白帝〉。詩曰：「巫山夾青天，巴水流若茲。巴水忽可盡，青天無到時。三朝上黃牛，三暮行太遲。三朝又三暮，不覺鬢成絲。」誰料過夔州後遇赦，遂有千古絕唱〈朝辭白帝〉也。

眾水爭夔門
李杜雙峰冠啊
雄峙瞿塘千仞
流韻拍絕壁啊
兩岸拔峰群
巫山擁大江啊
杜公領高峻
屈指生年五十八啊
夔州淹留三春
泣血詩吟千三百
晚年夔州詩啊
三分占一份
如久旱禾苗啊

忽遇甘霖
似餓極饕餮啊
闖入羊群
潰堤的詩潮啊
全方位激蕩
三峽的美奐美輪
風光、風月、風景
撲入眼啊撞擊心
化為大雅音
從此傳佳句啊
水會涪萬
瞿塘爭門
入天石色

地裂穿水山根
峽口風常急啊
山月四更吐又吞
清風影江月啊
只數尺去人
窮路巫山雨啊
傷秋白帝雲
長風貫峽猿悲號
不見猿影啊
獨濕長巾
萬里巴渝曲啊
子美三年飽飽聞
吊腳竹樓啊懸鳥巢

鳥獸居峽人
求雨鞭頑石啊
擊鼓壘薪焚
俗好信鬼巫啊
拜山祭水神
出沒風浪裡啊
行舟賭時運
川中見荔枝啊
遙想貴妃品
溫湯華清池啊
漁陽鞞鼓震
感時花濺淚啊
流寓更斷魂
徒歎久留豺虎吼啊

一軀老病身
悲無窮啊入江流
憂不盡啊枕上又待晨
悲憂高士歎暮年
寂寞淚沾襟
峽中一臥病啊
瘧疾終冬春

矚目江流石不轉啊
諸葛遺恨東吳吞
西風無邊落木啊
唯見長江滾滾
淹病留三峽啊
感悟別樣深

一如眾水匯啊
夔州絕唱詩血噴
三峽啊
迎來了久盼的
首席小提琴
奏一曲廣陵散啊
驚天地泣鬼神

峽江風光冠群啊
風情更迷人
鬼才李長吉啊
一腔孤激哀憤
入峽發奇問
誰家紅淚客

過瞿塘不忍
　尋夢楚風啊覓楚魂
瑤姬一去千年空
　老猿啼啊丁香薰（註十四）
　　香薰絕凡塵
峽中風搖女道人
　蕭散清疏婀娜身
脫口天地振
　飛波走浪弦中起
素琴撥奏巨石沉（註十五）

竹枝詞啊峽江風
　夜泊唱漁民
巴女騎牛唱
　踏歌農夫巡
撩動過往詩家啊
　競學下里巴人
劉夢得、白香山
清溪子、孫孟文（註十六）
　身手一試啊
竹枝詞更新

註十四　即李賀，字長吉。有詠三峽之〈巫山高〉傳世。

註十五　李季蘭，唐女詩人，本峽中人，後出家入道門。

註十六　李涉，號清溪子，有詠三峽之〈竹枝詞〉：「十二峰頭月欲低，空濛江上子規啼」；孫光憲，字孟文，陵州人有《花間集》〈竹枝詞〉詠三峽。

楊柳青青江水平
踏歌聲聲聞
聞聲人不見啊
東日出又西邊雨
郎情見天心

竹枝即興唱啊
蠻兒巴女笑嗔
江樓愁殺抱病飲
明月照嬋娟啊
年年不見還昭君
暮色過江女啊
拋食老鴉昏

七

從此啊
下里巴人啊
白雪陽春
一水峽江柳岸影
滔滔萬里潤

大江東去啊
浪淘盡
千古風流
川人出川啊
脫口一江雷震
眉山老蘇家

父子兩代啊
文傑三人
大筆如椽啊
書畫詩詞文
對山川的情啊
巴蜀人最親
對江峽的悟啊
巴蜀人最深
蘇老泉題白帝廟
玄德悲啊永安宮
歎孔明啊八陣空勞神
子由溯江行
巫山廟登臨
楚巫婆娑舞啊

王母下凡塵
大禹導九州啊
驂乘美湘君
三游石洞幽啊
墨跡歲月湮
撥苔依稀辨啊
昔日樂蘇門
豪情東坡爽啊
入峽出峽吟
白浪橫江起啊
槎牙雪城吞
天風空峽急啊
玉淵神龍近

彎彎飛橋出啊
　瀲瀲半月輪
蠻荒一溯啊
　蠶叢魚鳧
無瓦版屋啊
　岩居雲枕

黃精草、綠玉篸
老彭聃、充食飲（註十七）
　入峽喜巉岩啊
出峽愛平曠
　美在高千仞
　又化萬頃波粼粼
最難得啊
　身無累，淡淡心
黃溪夜泊老醉翁（註十八）
　愁腸九回啊登臨恨
遷謫來此怨那
　歲殘空山老猿喑

寇準主巴東（註十九）
　杜宇惹傷春
詩怨三峽窮
　斷壁生片雲
極目流波愁啊
　帝京何日奔
多情黃山谷啊（註二十）
　雲陽臺下風雨夜啊

巫山懷老杜　如許陽臺雲
神交千古不見君　放開十二峰啊
碧叢叢，插天筍
蒼崖高萬仞
奔雷千百陣　三年知夔州啊
遇雨巫山前啊　夢先觀八陣
石湖居士怨（註二一）　欷歔武侯去啊
千山萬山生白煙　江流滔滔恨

註十七　參見蘇東坡〈入峽〉：「聞道黃精草，叢生綠玉篸。盡應充食飲，不見有彭聃。」

註十八　歐陽修，字永叔，號醉翁，晚號六一居士。入峽著有〈黃溪夜泊〉。

註十九　寇準，字平仲。宋太宗太平興國五年（九八〇）知歸州巴東縣，留詩若干，多傷感之語。

註二十　黃庭堅過夔州，吟〈減字木蘭花〉追懷杜甫：「巫山古縣，老杜淹留情始見。撥悶題詩，千古神交世不知。」

註二一　范成大（一一二六—一一九三）字致能，號石湖居士，入峽留詩多首。

詩寫峽中景啊
風頌三峽民
江陵千里溯啊
所見百餘韻
神追杜工部啊
古風峽江渾
立春見夔州啊
巫峽逢生辰
天涯又立秋啊
流火初西沉
曉登真武山啊
盤古廟下醉黃昏
白鹽、赤甲、勝己山啊
灩澦、瞿塘、高石筍

頌吟十二絕啊
梅溪一吐詩繽紛
三峽折服啊
天涯宦遊人（註二二）
未來三峽時
相思先托神
放翁千里書啊
夔守寄張震（註二三）
孤帆秋上峽啊
五馬曉班春
待到身入峽啊
大美囫圇吞
覽勝慢消化啊

一吐珠璣斟
　蝦蟆碚、黃牛峽
白帝城、雄夔門
　啼老猿、夢女神
石陣懷諸葛啊
　瀼西草堂尋
淚灑英雄弔啊
　詩人惜詩人

八

詩人詠三峽啊
　三峽化詩人
采風竹枝詞啊
　上承唐季劉李
下啟元明清才俊
　生發沿相因
山風千年欣欣
　黃山谷、范至能

註二二　王十朋，字龜齡，號梅溪，南宋詩人。有宋一代吟三峽詩最多。

註二三　陸游，字放翁。未入峽即寄夔州知府張震詩，其後又有佳作若干。

孫艮山、汪水雲（註二四）
竹枝詞啊
兩宋詩壇風新
風爽江流奔啊
百家競入竹枝林
袁桷、陶凱、周巽
王廷相、徐渭、楊慎
王夫之、毛奇齡
熊賜履、王士禎（註二五）
爭頌竹枝五彩紛
為什麼啊為什麼
竹枝詞把群星引
詩書畫文青藤絕啊

漁陽一代詩壇尊
博學高風王船山
風流升庵詩雋
何以入峽身段低放
矚目大野山珍
竹枝詞啊三峽孕
頌此曲啊入其氛
山風和啊民風順
景相融啊情會神
江流韻啊心諧振
一吐竹枝詞啊
情隨峽江流啊
神追巫山雲

境借〈巫山高〉　操琴山水啊誰知音

再賦十二首啊　國破家亡飄零

〈巫山一段雲〉　曩日貴胄王孫

詞牌何來教坊曲　誰料屈辱檐下啊

身臨感悟真　強笑作貳臣（註二六）

松雪道人趙孟頫啊　碧水澄啊危峰聳

註二四　范成大，字至能，寫有〈竹枝詞〉多首；孫艮山，字元京，入峽有〈竹枝詞〉傳世；汪元量，號水雲子，入峽有〈竹枝詞〉傳世。三人俱為南宋詩人。

註二五　袁桷，元詩人，字伯長，吟〈竹枝詞〉若干；陶凱，元末明初人，吟〈竹枝詞〉多首；周巽，元詩人，作〈竹枝詞〉多首；王廷相，明文學家，入峽著〈竹枝詞〉多首；徐渭，字文長，晚號青藤道人，詩書畫文具絕，亦吟〈竹枝詞〉若干；楊慎，字升庵，明大詩人，有〈竹枝詞〉多首；王夫之，字船山，明末清初大學者，亦吟〈竹枝詞〉，毛奇齡，字大可，清初經學大師，亦賦〈竹枝詞〉若干；熊賜履，字敬修，清初理學家，有〈竹枝詞〉傳世；王士禎，字子真，又號漁陽山人，清初詩壇盟主。亦作〈竹枝詞〉若干。

註二六　趙孟頫，字子昂，號松雪道人，宋太祖十一世孫。宋亡事元。詩書畫俱上乘。有〈巫山一段雲十二首〉傳世。

樵夫三月竹枝詞
歡聲也忽忿
縱是碧水鴛鴦浴
春也恨恨啊
雙眉蹙緊
十二峰啊高上天
峰前月啊難為枕
朗朗清輝三千里啊
可傳紅箋書錦
縱傳也沉沉
腸斷舊香衾
力挽國勢頹啊
求賢渴崇禎

欣聞秦良玉啊
詩賜女將軍
提兵桃花馬上征
萬里帝王勤
可憐殷殷盼啊
終落得煤山凋殞（註二七）
康熙王霸氣啊
酣暢淋漓題
詩賜峽江臣
神往三峽臨（註二八）
危岩通鳥道啊
青山有子民
清澗浮落花啊

桃源深山隱
王道荒僻化啊
莫非率土濱

涓涓匯滔滔啊
大美的俘虜啊
先被攝走魂
無論誰來三峽
血也沸啊情也噴
即便心如止水

哪怕備嘗苦辛
甚至啊身未入峽
蠢蠢先馳神
薛濤得贈〈巴峽圖〉
一覽吐清韻
千疊雲峰萬丈湖
浪繞荊吳啊白波分
情感雍秀才啊
瞿塘峽啊夢裡奔（註二九）

註二七　明崇禎皇帝，朱由檢一六四四年自縊於煤山。

註二八　康熙未臨三峽，賜詩傅作揖。傅作揖又名傅恆，字濟庵，巫山人。所詠三峽詩多篇。康熙改唐人劉長卿詩賜之，一對傅作揖為官清正褒獎，二對三峽天時地利禮贊，因天寶物華才育俊彥。

註二九　薛濤，唐女詩人。因雍秀才贈其〈巴峽圖〉而賦詩酬答。

啊，分明是
　是仙子吐清純
哪裡有半絲淪落
　濁水污痕
盛世開胸襟
　莫道樂籍釵群
即是得道高僧
　貫休夔門悟啊
天道正艱難
　何以遺人心
瞿塘觀浪釋了惠（註三十）
　偈頌息兵刃
船子和尚偈啊
　直下千尺垂絲綸
一波動，萬波隨
　清波皓月照禪心
祖師張三豐啊
　開元寺中論
滔滔促膝七晝夜
　詩贈廣海善（註三一）
草履遺香沉
　浮屠斷世情啊
寂寞閑雲
　悟興衰啊省人生
滔滔大江流啊
　只取一瓢飲

群峰列列啊
大江滾滾
誰能超人世外
法眼破紅塵
聽江濤拍斷崖
觀雪瀾化煙雲
誰能木呆石立啊
無動於心
更何況狼煙遍野
哀鴻叫陣

腥風血雨狂啊
水火拯斯民
松坡大纛舉啊
驍勇護國軍（註三二）
將軍詠三峽啊
潮流勢萬鈞
揮刀殺敵男兒事啊
白帝城下閱兵陣
大江出夔門啊

註三十　貫休，唐末五代高僧，入峽賦〈晚春寄張侍郎〉；釋了惠，南宋高僧，為僧人所寫三峽詩最多。

註三一　船子和尚，唐代高僧，有〈撥棹歌〉，其中有句：「千尺絲綸直下垂，一波才動萬波隨」；張三豐（一二四七—一四五八），武當派祖師，經夔州出峽時，詩〈贈開元寺僧廣海善〉。

註三二　蔡鍔，字松坡，一九一五年十二月二十五日首舉護國軍大纛，反袁世凱復辟帝制。次年出峽賦詩〈軍中雜詩二首〉以明其志。

百萬雄兵挽沉淪
救亡入瞿塘啊
轉運物啊逃難民
川鄂咽喉啊
三峽險地奪命門
強敵淫威呈啊
壯士死戰奮
縱敗北伐吳子玉
衰年氣節凜
猶倡滅匈奴啊
江聲不盡英雄恨（註三三）
夔門石壁高
題刻悲壯萬里吞

馮玉祥、孫元良
踏出夔巫，打走倭寇（註三四）
出征豪氣干雲
烽火西陵峽啊
石牌泣鬼神
退敵強悍師啊
舉國傳喜訊
江漢會師時不遠啊
虎渡河邊戰馬飲（註三五）
將士戰沙場啊
馬革裹屍枕
鄉賢衛家國啊
慷慨賦檄文
〈夔門銘〉鏗鏘聲

擲地金石天地震
強寇莫開啊
雄關天門
毛借園、張半園（註三六）
二園風骨淳
賢達生本土啊
夔州詩人崛一群

山水風光聲聞啊
物象流紛紜
弄得丹青大師啊
情急吐詩文
山水不可靜啊
風光難定尋
辭令飛矢射啊
連弩串珠潤

註三三　吳佩孚，字子玉。北洋軍閥。晚年入蜀有詩云：「匈奴未滅家何在，望斷秋風白帝城。」

注三四　馮玉祥，孫元良，抗戰時均有題刻書於夔門。

註三五　即西元一九四三年五月鄂西會戰，石牌要塞數度鏖戰，終阻敵兇焰。

註三六　〈夔門銘〉，毛子獻所作，原刻於夔門，藏現奉節詩歌博物館。毛公（一八八〇—一九六四），名書賢，號希聖，晚年號借園老人；張朝墉（一八六〇—一九四二），字伯翔，晚年號半園老人。二老皆為奉節鄉賢，詩人。

奔流勢已雄啊
　束峽氣壯渾
倏然涉重險啊
　迅速風雨暗
即景窮幽邃啊
　圖畫短進深
詩境生畫意啊
　一體燕尾分
最苦張大千啊
　暮年思鄉甚
夷市淒然老啊
　情對巫峽春
不見風帆鼓啊
　歸鄉無期淚涔涔

惹得喬大壯啊
　睹畫黯然吟
白夢縈紆十二峰
　鏡屏回掩細腰宮
征蓬不見啊
　冷猿聲聲欲斷魂（註三七）

九

啊
說不清，說不清
三峽啊，如何把你體認
有人說
　你是辭賦

你是詩文
千古傳唱啊
　一江芳醇
悠悠遠古來啊
　涓涓流啊滔滔滾
乘奔御風
　長風萬里青雲
多少文豪啊
　多少才俊
為你吟頌啊

為你折腰啊
　為你瀝血嘔心
啊，三峽
　你這遷客騷人的吐屬啊
風華正茂才子的集錦
　你這興衰存亡的刻骨銘心
　慷慨悲歌的集萃古今
啊
　無山川奇崛天來雄渾

註三七　張爰，字大千，大畫家內江人。晚年僑居海外憶家鄉山水，遂作巫山雲帆圖以贈親家，並題詩〈巫山雲帆圖贈天循親家並乞俠君夫人儷教〉，其戀三峽之情油然；喬大壯，四川人，民國詩文大家，見張大千畫巫峽圖，亦動鄉情，遂賦〈大千巫峽消愁圖〉一詩，內有「鄉夢縈紆十二峰」、「酒醒依舊客江東」等句。其流寓海外而懷故鄉之情哀慟至極。

乏風物幻化靈秀繽紛
幻想之羽啊何以恣肆飛巡
又何來精絕文思湧泉爍金
提及你
誰能不身心振奮
走向你
誰能不熱血殷殷
未見你
誰能品風騷辭賦
告別你
誰能不歷數家珍
啊，三峽

才子高詠
佳人低吟
縴夫悲號
鬼師叫魂
你化為才情啊
拓展胸襟
觸通靈犀啊
頤養元神
啊，三峽
你是什麼
你這峰巒的韻律啊
激情的雄渾

藝林

一

三峽的形成啊
億萬年積沉
三峽的美啊
幻化萬千重
層層各不同啊
林林總總
隨時，隨地、隨心境啊
生發精彩一水東
美的流啊
攝美的無窮
捕其形啊描其狀
展其氣韻啊
鬼斧神工
石哨、石鴞啊
劍齒象牙雕
十四萬年前啊
奉節興隆洞
悠悠遠古風
深深的江峽啊
一抹藝術的朦朧
巫山大溪人啊
雕骨匕，磨骨針
蚌珠串串懸胸
綠松石啊垂耳墜

玉石飾佩叮咚
象牙鐲子撫弄
　洞內立石人
石龜、石小豬
　卷沿罐、尖底缸空
折壁盆、淺盤豆
　網紋、水波刻陶紅
摶泥火燒石磨啊
　峽江初民巧工
打磨第一塊石器啊
　攝美之心萌動

二

蹲坐圓盤啊
　合掌胸前攏
頭戴雙冠啊
　巍巍高隆
瞠目張嘴啊
　祈佑部眾
秭歸柳林溪（註一）
　黑石刻畫啊
祭祀懵懂

註一　秭歸朝天嘴、柳林溪遺址，均發現了新石器文化遺存，距今約有七千年左右。均淹沒。

東門砂岩雕
　秭歸人啊
頂禮膜拜太陽崇
　虔誠一祀啊
開啟涓涓藝泉湧

巴縣一品七田村啊
　天子岩巴東
岩畫隱約草木叢
　綦江靈應岩啊
挺拔勢壯男根雄
　洪荒荊蠻多天敵
膜拜陽物啊
　千秋傳宗

雲陽石岩刻走獸（註二）
　江水浮大魚啊
牛羊山間悠
　憨憨林中老熊

岩畫亂石灘
　三峽漁獵農
大山山神拜啊
　大江河伯宗
江畔石岩畫啊
　千秋香火供
岩下黎庶祭啊
　逢年過節隆
先民藝術家啊

祈盼年年豐

三

沿江列群峰
　斷崖絕壁聳
叢林禪院立啊
　祠堂勝跡眾
丹青翰墨鐫啊
　文采鬱蔥蔥
潑墨揮紫毫啊
　犖犖展優容

不知從誰創意
　飽蘸墨香濃濃
把文字刻畫的胎動
　從陶器，甲骨
吉金青銅啊
　輪迴刻石到那
摩崖半雲空
　把書家個性的酣暢
連同時代脈動
　從雲天的高崖絕壁
到江岸巨石
　以及石樑伸入水中

註　二　巴縣一品，綦江靈應岩，等地均有新石器崖畫發現。均淹沒。

化成了江山與文墨啊
一體融融
滾滾江流啊
巍巍群峰
煌煌一脈接踵
從漢唐五代宋
到元明清
再及共和擁
把篆隸真行草
大家怪傑啊
浩浩湧來啊
八面雄風
滔滔奔流啊

百川優容
讓波礫點捺啊
翼展長鋒
演些個湮然啊
蒼苔絨絨
把神韻文脈
長浪雲峰
休戚共生啊
煥發恢宏
讓天南地北
五洲四海啊
遊子過客歎詠
納山川文運啊

一體風融
把奇崛三峽
滔滔波湧
袞袞華夏
從形到靈啊
山水認同
巴郡買山銘
題刻青山共
白馬分水嶺
黔蜀界碑大山公
北山孝經碑啊

祖禹書南宋
絕版存古文啊
一脈夫子奉
側立神道碑
趙瞻懿簡公
奸相書碑額啊
蔡體露崢嶸（註三）
程頤朱熹臨
江北點易洞
石寶寨下青石坊
必自卑書坤從

註　三　買山銘鐫刻於武隆白馬黔蜀交界處；大足北山立有蔡京所書碑額之〈懿簡公神道碑〉。

枕山大江擁
恨不滔滔東
桓侯廟裡文藻勝
漢隸八分〈張表碑〉
〈天臨碑〉書啊
隸與真旁通
東坡墨豬〈赤壁賦〉
行草伸腿暢涪翁（註四）
遺恨呼天岳武穆
狂書〈出師表〉啊
一腔熱血搗黃龍
張伯翔書「瞿塘」
劉心源題「夔門」

更有〈宋中興聖德頌〉啊（註五）
讓天下第一峽之雄
從長江巫山啊
步青史入文叢
西陵風箱峽啊
絕壁天梯渡
開闢奇功
燈影峽北三遊洞
詩文題穹窿
一水浩淼出南津啊
唯留摩崖題刻
矚目肅立遠送

四

土石之雕啊
鐵火交攻
從混沌天地啊
開竅鑿通
到伏羲女媧
開創交尾情融
把山與水啊
生與死
在山崖水樑上

石的畫像啊
磚的描容
把凡間天界啊
定格合龍
華蓋出行的車馬啊
從肅立莊嚴的漢闕中
駛向青石棺槨
出土來回望行蹤
忙碌的鹽場啊
把巫咸國寧廠的鹽灶

註四　雲陽張桓侯祠堂滙集眾多藝術珍品。漢隸〈張表碑〉、〈天臨碑〉，宋東坡、山谷以及岳飛等佳作，清鄭板橋等等琳琅滿目，可惜悉數搬遷。

註五　俱在夔門南岸絕壁上，氣勢雄闊，現已淹沒。

燒上了畫像磚嵌
　墓室券頂拱穹
出獵宴樂啊
　靈龜、麒麟、應龍
從市井到仙山
　出沒黃泉地宮
春來踏青啊
　應時令萬物勃動
到山野尋一方幽靜
　莫辜負大好春光啊
郎才女貌啊
　交歡情縱（註六）

學道爾朱真人啊
　傲物合州太守凶
濫刑拋江籠
　竹籠不沉順江下
遇救白石漁翁
　相悅成至交
暢飲乘鶴騰空
　白鶴仙人去啊
白鶴石樑聲名隆
　樑脊刻石魚啊
冬水兩米控
　烏江北來啊
長江臨東
　兩江滔滔匯啊

川黔萬頃旱澇通
石魚唐人刻啊
一候就是千年
看水漲水落啊
冬春枯，夏秋洪
天有序啊水有節
萬類生生律動
水枯石魚現啊
應律天地桑農
從不懈怠啊
歲歲看江峽歉與豐

唐宋元明清啊
多少高士雲從
篆、隸、行、楷、草啊
顏、柳、蘇、黃、王
往來歷代翰墨文宗
石魚、觀音、白鶴
詩詞文賦啊
水中碑銘韻通
千古水上水下啊
舉世水文獨重
白鶴石樑啊

註六　俱為三峽地區出土畫像磚。其內容天界凡間無所不包。

應時天鐘
夏秋來洪啊
烈日當空
石臥水下啊
遠翻騰之洪峰
避驕陽之炎烘
適冬春之水落啊
年節慶啊冬陽融
偕老牽幼啊
江岸淺草初絨
過年石上啊
人日曈曈
大江浪輕拍
祈豐年啊江石貢（註七）

五

四萬八千歲啊
開國自蠶叢
從神話裡生發啊
那無稽考的朦朧
大野衍生啊
那叫蠶的天蟲
蠶口一吐啊
泱泱絲國天縱
沿著那悠悠素絲啊
走來那千古厚重
荒蠻與禮樂分野啊
那纖纖的女工

絹帛錦緞綢紗啊
　那飄柔輕軟啊
卻承載了華夏文明
　那博大恢宏
三峽啊
　上蜀漢下越吳
荊楚瀟湘中擁
　絹帛刺繡之精華啊
靈秀獨鍾
　先秦的帛畫啊

難覓影蹤
　絕品問世啊
大鳳鬥夔龍
　華蓋羅傘張啊
升天蒼穹
　馬山刺繡啊
騰躍飛鳳神勇
　下踏虎威啊
　上啄蛟龍
百花垂英啊
　簇擁三頭鳳

註七　涪陵白鶴梁距今一千二百餘年，為世界絕無僅有之水下水文監測文物。歷代各類題刻一百六十四處，名家書畫薈萃。石樑所鐫魚眼海拔一百三十七點九一公尺，冬季水枯若出，即兆豐年。惜已挖遷，所殘部分今建「水下博物館」，然所見遠非原貌。

素紗單衣啊
蟬翼飄柔風
誰吐那纖細柔韌
又織就一派天工
風雅優容（註八）
元末明玉珍
赤黃緞繡號真龍
秦良玉啊女將軍
黃綢金繡衣龍鳳
緙絲花鳥蝶舞
天藍緞繡鬼神眾
從襁褓啊到青塚
畫衣帽啊夜被擁

立風屏啊簾窗牖
夏羅紗啊冬絲絨
人的一生啊
蠶絲絹帛共
悠悠連綿啊
古今一統
絲之國度啊
絲之文種
植桑養蠶啊
繅絲繡工
江峽一脈啊
悠悠巴楚貫通

一個千古的美傳啊
　堯賢大位不專寵
禪讓舜再禪禹的故事
　欲開啟天下為公
冀寶座更迭啊
　在王權自省中
古老企盼啊
　註定是古老的幻夢
夢境的失落啊

　大禹禪讓作禮器
光豔輝映了時空
　漆流如墨染其外啊
朱漆如丹畫內容
　輝光的漆啊
　　凝固禪讓隆重（註九）
塗抹了啊
　禮讓開明的夢
啊，是誰從莽林
　灰白的漆樹杆上
　　割出漆藝的彩虹

註八　俱在夔門南岸絕壁上，氣勢雄闊，現已淹沒。

註九　漆之起源傳說見《韓非子》：「堯禪天下，虞舜受之，作為食器，斬山木而財之，削鋸修之跡，流漆墨其上，以為食器……

三伏烈日的光焰啊
融淌進漆樹乳汁
只一瞥就把純淨的乳白
藏進了黑的濃濃
當器物上再見天光
才又回味夏日靚容
峽江千里啊
生發了蜀巴楚啊
一脈漆藝天縱
禪讓祭器的漆彩啊
是漆藝起源的萌動
七千年前啊
河姆渡的漆碗啊
卻是證據的漆宗
從禮器到日用
人與神的貫通
髹漆、描漆、堆填漆
雕漆、嵌寶、戧金、剔紅
百般技藝啊
千秋奪天工
飛禽騰升啊
走獸疾奔
獸王虎威雄
一窺圖騰啊
匍匐巴人崇
虎落平陽啊

威逞大鳳
紋飾可證啊
巴楚交攻
神異瑞獸禽啊
麒麟、饕餮螭龍
大江渦漩濤湧
漫天勾連雲從
蟠桃、佛手、石榴紅
傲雪梅、清風竹
石崗立老松
踏虎座鳳架懸鼓
繪星宿北辰高拱
游魚在羽觴裡醉啊
蘭亭曲水淙淙

漆與墨相溶
書寫那不老南山松
峽江的巴楚文化流啊
又融進漆山的青蔥
再把一層層的歲月
刷進棺槨上那
斑斕星雲的仙宮
彩繪了巴楚人
從生前到死後
從凡夫到仙翁
那天上地下的跨渡啊
飛騰的長虹

從巫山走出的石人

　背著待哺的幼童

順江岸爬來的黑石龜啊（註十）

　張嘴喘粗氣啊

執拗地潛行匍匐

　爬到女媧那裡啊

把五彩石化融

　上要去補啊

祝融莽頭撞破的天洞

　下要待那石漿冷卻

再摶那軟軟彩泥

　捏塑各色人種

讓泥人陶俑沿著江峽

　從傳說的遠古啊

積跬步移挪到諸侯爭雄

　把大活人的生殉

替代成俑的靈動

　再從土裡出來

撩飽學之士們爭訟

　讓煌煌大著

一次次內訌

沒有影像的歲月啊

　這就是歷史的真容

形態、處所、名分

　持物、衣帽、寡眾

俱可映襯文獻啊

一溯鮮活的時空
巫山麥沱舞出隊陶人
浪漫中透露莊重
展臂仰首天喚啊
下蹲環抱凝神
從山澤中舞來先民
帶來山鬼的欣踴
那擊鼓說唱的藝人啊
翹腳凸肚正說妙處（註十一）
那媚眼的飛揚啊

隨鼓點急緩律動
騎馬抱琴遠來啊
喘息人馬匆匆
把雄武的馬與飄柔的女
化一曲高山流水松風
相濡互敬的翁媼啊
凝神堆滿了心動
連那哺乳的母子
母親恬恬地醉容
微風輕送來啊

註　十　俱為巫山出土新石器文物，現藏三峽博物館。

註十一　擊鼓說書俑，成都羊子山出土，現藏三峽博物館。

嬰兒吮乳的嗎嗎
懷抱大雁的少女啊
雁口含燭臺圓孔（註十二）
淡然恬靜的笑啊
全無失明的哀慟
讓候鳥飛啊
逐太陽引來火種
讓蠟燭綻放熊熊
看不見光明的少女啊
要把森森地府照紅
叫上那唐三彩宋三彩
陶俑、瓷俑、木俑、玉石俑（註十三）
讓大千萬象啊
到陰曹熱鬧哄哄

不知是任性
還是格外情鍾
煉石的女媧啊
把補天餘的彩石
沿著峽江派送
嘉陵江畔的北碚啊
以江中巨石聲隆
與青山並行之際啊
不料惹惱縉雲山龍
一氣就斷然分手
一扭禿頭俯衝
扯一片縉雲飛下

把水龍熱吻長擁
　魯莽中撞落碎石
滾落飛散啊
　沿兩江轟轟
石牙降落中渡口啊
　化石馬並轡江中（註十四）
又化石門沉沉
　鎖關江流控

散碎飛落牛角沱啊
　化成彎彎尖銳
日夜江流拱
　大塊飛落曾家岩
屹立江岸歎息
　卻見證遇難的董公
最大塊一直下滾
　陷在朝天門外
被塗山女一站啊

註十二　漢陶盲目少女俑，為明器葬地府，卻舉火燭欲照三界。筆者藏。

註十三　俱為三峽博物館現藏各代出土文物。

註十四　北碚之碚，即為「江中大石」；中渡口中石門（石馬）原立於江心。

望夫歸來啊長峽送（註十五）
長峽風送啊響雲空
帶著石牙的創啊
揚子滔滔東
流波映忠州啊
飛來天外玉印
要把女媧的印款
鈐記大江龍
引來涪陵石樑上的白鶴
鳴叫者隔岸升空
悠悠飛到萬州
要聽石琴響雪（註十六）
到高高的白岩觀棋

贊太白勝券在胸
盤桓到白帝城上啊
看灩澦堆濤洶
為風浪出沒啊
長鳴平安佑福祛凶
休憩落蝦蟆石上啊
請陸羽去往蟆口
取一瓢明月水啊
烹一壺桂花香茗（註十七）
坐論茶道當弘
再飛到青灘啊
與雞翅膀笑比雌雄
聽崆灘惡浪亂撞

喧一派轟轟　江岸看一看縴夫石
把人灘的各種臉面啊　數縴痕重重
橫豎展頑石崢嶸　把血汗把歲月
送祝福啊唐僧師徒　深深勒進啊
取經天竺　讓頑石感受身同
白馬馱回洛陽啊（註十八）　切骨的傷創啊劇痛
論一番色蘊皆空　江峽石啊千萬種

註十五　牛角沱即為自鵝嶺山上延伸自江邊一角狀石灣，漲水時水勢凶險；曾家岩下紗帽石兀立江岸，上鐫刻「董公遇難處」。為紀念明萬曆年間平叛戰死之董盡倫而書；望夫石，位於長江大佛岩下，傳說塗山氏立此守望大禹而得名。

註十六　石琴響雪，即萬縣苧溪河上石橋，又名「石琴」，橋石如琴，漲水時湍流激韻，一派清籟天籟，故得名。

註十七　陸羽到此取泉水烹茶，題「天下第二泉」。

註十八　唐僧師徒取經群石位於西陵峽中。

說是自女媧來啊
實則來天公
當頑石與大江相擁
當江石與人文神通
那冥頑的石性啊
從此告別塞壅
活生生登堂入室
成了三峽弟兄
悠悠植入了文種
大野之物啊
藝林卓然天工

九

啊
說不清，說不清
三峽啊，如何傳誦
有人說
你是藝術
你是美工
丹青彪炳啊
浩浩大江浪湧
奇譎瑰瑋
迭出叢生
從茫茫洪荒那一抹
初曙的矇朧

　喚起了人類美的尋夢
三峽大裂谷
　那神秘一劃啊
點化了茫茫藝術之林的
　最原初的芽萌

啊，三峽
你是什麼
　你這大師靈性的風湧
神品精粹的奔洪

提及你
誰能不如沐春風
走向你

誰能不激情蕩胸
未見你
誰敢論藝林古今
告別你
方體悟餘音無窮

更有那
　畫廊千里
風情萬種
　累累積澱
屢屢開宗
　沁入丹田啊
涵化恢宏
　鑄就風骨啊

觸發靈動
醞釀大象啊
輩出天聰

啊，三峽
你是什麼
你這異彩紛呈啊
千里畫廊神功
一脈長卷啊
山水奇絕的天縱

七 樂頌

一

蒼茫巫山高啊
子規啼月
老猿聲聲愁
猛虎雲豹啊
群山回應莽林吼
峽風嘯窮谷啊
絕壁折浪頭
山箐野峪啊
棲飛禽奔走獸
飛瀑林壑啊
堆雪浪喧湍流
峽江萬類啊
一派天籟遒
興隆洞裡的石哨啊
第一次切入了
人類演奏
從十四萬年前
就宣示了改變
純粹自然聲的架構
尖銳的響徹啊
不再出自咽喉
於是引發山澤亂象
各顯神通紛爭魁首
百鳥學舌啊

打造出鳳凰
各把彩羽身上抽
用三年光陰
裝扮鳳凰領袖
三年靜臥苦修啊
一鳴啊驚人
一飛啊沖天逍遙遊
落下來讓百鳥朝奉
高立梧桐枝頭
於是眼紅了百獸
不敢沉寂落後
幻化出一足夔啊
青蒼的身軀壯如牛

還得到舜帝的委派
榮任樂正啊
執掌天下樂奏
不知因何觸刑
又被黃帝梟首
剝皮蒙就大鼓啊
一擂就震天撼地
電光霹靂啊白浪吼
磅礴了巫山峽江氣候
讓白鹽赤甲壁立
千古捧起那夔的名頭
聚峽江初民萬千
把夔子國都看守

讓那代代的過往
　來夔門也由衷拜叩
把胸臆抒吐
　把風濤威壯帶走
疊幻震撼的天籟啊
　是千古滔滔的
　　音響聲韻的洪疇

二

新石器原初的石錨
　想讓江航的川流
　　上下峽靠岸小休
東漢的縴夫俑啊
　　又牽船駕向上游
　來一嗓么二三啊
　　各自摸起行頭
先豎主桅啊
　號子聲起長桅摟
再喊起帆調啊
　　升帆勻幾手
逆著滔滔的大江啊
　　攀爬嶙峋岩陡
颼颼北風割啊
　涉水磕牙抖
弓身如痲蝦啊
　背縴竹纜溜

粗氣憋號子啊
　啊，再喊大班鳩（註一）
手抓卵石攀
　腳踏號子走
逆水行舟難啊
　人累水不愁
身傾號子擺啊
　橈片撥前後
船行寬谷水
　號子蕩悠悠
龍船號子江水平

　清風江上搖二流
一看浣紗么妹現啊
　號子雄赳赳
逆流上險灘啊
　絞灘號子吼
嗨吆莫鬆勁啊
　一氣上灘頭
上水苦辛磨啊
　下水命撿丟
多少船夫淚啊
　帶血川江流

註一　大斑鳩，川江號子曲牌名。號子分上水、下水、平水、搶灘、拚命、闖流等等若干類。

船行遙見灘啊
　高腔料峭陡
氣運丹田聚啊
　精神奮抖擻
闖灘齊唱懶大橈
　緊接雞啄米
　激越雄渾慨同仇
船到最險處啊
　拚命號子吼
急促、高亢、聲聲緊
　一聲長嘯肺腑透
闖過命又偷
　灘頭盤旋三五
　　失落禿鷲
前艄公啊後駕長
　狠狠一口唾
　噴向白浪投
樂化的行船令啊
　行船的韻律流
賭命蘸血淚啊
　號子魂魄勾
航行川江凶險啊
　船夫千古好逑
聲洪號子頭
　眾和底氣厚
唱腔曲牌入化境

雄闊、激越、緊促
壯美、舒緩、輕悠
川江號子啊
唱到了法蘭西
世界大河合流（註二）
讓哥特教堂的唱詩
交響樂團的歌班
聽一曲大江船夫謳
江風白雲悠
自由的國度啊
自由魂可收

三

春風總把春心揉
淑女從來郎好逑
即便是在河之洲
關關嘈切的雎鳩
也是民風送來啊
隴上地溝
兩情相悅啊

註二　西元一九八七年，法國阿維尼翁藝術節「世界大河歌會」上，時年七十一歲高齡之陳邦貴領唱，眾同伴合唱之川江號子，震驚所有聽眾。

月上柳梢頭
巴楚先民啊
大山大江情意投
隔山隔江唱啊
山江手拉手
天上有飛鳥啊
江裡魚兒游
院壩養畜禽
山中奔野獸
草長花開落啊
莊稼種又收
日月升復降啊
春去又來秋
萬類欣欣運啊

陰陽鸞鳳儔
山歌比興賦啊
物化風自由
比興天上鳥啊
鴛鴦枕上繡
春來陽雀叫啊
妹約黃昏後
轉角過迴廊啊
燕子銜泥口
願作比翼鳥啊
鳳凰花繡球
清波魚悠游啊
比興兩情久

四月探情郎啊
水田摸泥鰍
情郎大實話啊
泥鰍不耍溜
魚兒愛的三峽水啊
么妹愛的把舵手
牽姐過田溝啊
摟腰秀肩勾
哥哥摸蚌殼啊
姐姐捉泥鰍
大河漲水浪淘沙
一對鯉魚一對蝦
不見小魚水裡游
不見小妹上繡樓

坡上伢狗攆草狗
田頭牯牛追沙牛
情哥哥啊找么妹
么妹等哥嘛月黑頭
芝麻開花節節高啊
豌豆花開須須抽
妹兒長大十七八啊
胸前啥子嘛像饅頭
啊，郎無姐呀不成歌
看那天上鸞鳳儔
看那江中魚兒游
真率粗獷的性愛啊
橫溢滾滾的岩漿流

在生命裡激蕩啊
又把生命索求
烈火遇乾柴啊
心撩性挑逗
野在情理中啊
隨心大道守
峽江民俗古啊
山風生美醜
村姑山民唱啊
趣比風月謳

四

東坡宅居尤愛竹
老饕啊寧可食無肉
清風竹之韻啊
峽江格外幽
巴蜀荊楚山蔥鬱
峽江茂竹修
竹林竹海風颯颯
湘妃淚啊斑斑留
女英娥皇飛
溯江巴國游
竹槓竹竿竹板敲

韻敲巴人手
蓮花落，打連宵
竹枝詞兒溜
男女老少唱啊
柳呀麻柳連柳
即景即興詞
套曲套路走
變從不變出啊
舊甕釀新酒
老曲和者眾
新詞情趣勾
峽江竹枝唱千年
生機發新舊

樂化民風淳
根基青山厚
田埂地角長啊
院壩茅屋後
巴女舞月下啊
牧童唱牯牛
船民江岸踏啊
樵夫山坳吼
廟祭眾聲宏啊
神巫占鰲頭
迎親婚宴鬧啊
送終哭扶柩
火地祈春種啊
場壩頌秋收

竹枝熱浪湧啊
　峽江浪赳赳
盎然風趣濃啊
　勃鬱吸眼球
文士大家詠
　紛沓競效尤
俗有山野沃啊
　雅得翰林游
不借官家勢
　更無權貴謀
清風行大氣啊
　韻把矜持休
劉禹錫、白居易

黃山谷、王十朋
楊升庵、王士禎
孔尚任、梁任公（註三）
　滔滔大江流
　名士展身手
從此竹枝腋生風
　展翅萬里遒
北上到京都
　東下越吳鉤
長風嶺南翻啊
　海峽拍浪泅
高亢域外聞啊
　婉轉吟青樓

四海浪不興啊
三峽展歌喉
山野有大音啊
粗獷自風流
千年唱竹枝啊
豪氣冠九州
舉目看天下啊
誰能出其右
巫山神女絕啊
民歌竹枝秀
高天望群星啊
群星拱北斗
〈下里〉〈巴人〉風來
〈巫山高〉同儔
〈楊柳枝〉欣誘啊
踏歌浪裡游
難怪左思詠啊（註四）
展清聲而長歌
巫山雲悠悠

註三　孔尚任，字聘之，又字季重，號東塘。清文人，有《桃花扇》傳世，亦寫〈竹枝詞〉；梁啟超，字字卓如，一字任甫，號任公，又號飲冰室主人，近代思想家，亦寫有〈竹枝詞〉。

註四　左思（約二五〇—三〇五）字太沖，西晉著名文學家。其〈蜀都賦〉有詠：「若乃剛悍生其方，風謠尚其武。奮之則賨旅，玩之則渝舞。銳氣剽于中葉，蹻容世於樂府。」

億萬年默默站啊
　看雲去霧留
船來船往啊
　伴峽江號子牽愁
神女何故憂啊
　舞隊誰領頭
借陶俑擺個隊形
　讓舞姿龍游（註五）
山風江風爽啊
　瀟灑一展長袖
長聲嗚嗚巫覡喚啊
　婆娑舞來山鬼瘦

深谷松澗漱
　飄虹薄沙柔
清波出裊裊
　婀娜腰姿扭
惹來三閭大夫贊頌
〈大招〉〈招魂〉清遒（註六）
隨韻起伏啊
　黑髮長飄風亂揉
一笑媚態真率
　彎彎娥眉輕皺
紅頰妖豔啊
　眉目流盼春透
朱唇啟皓齒啊
　微骨勻豐肉

荷葉圍風裙啊
　蕙草細腰摟
弓腰舞偃蹇啊
　連蜷吐蘭幽
纖腰舒妙婧啊
　曲姿軟長袖
倩影清波舞
　英姿白崖投
輕靈雨燕翻飛
　飛凰大鳳求

舒展神靈祈啊
　探身魂魄勾
含情秋水盈
　轉圜雪頸秀
仰天舉高陽啊
　閉目掩面羞
浪漫山鬼舞啊
　巫風來颼颼
楚辭風采頌啊
　曼妙偶像優

註五　巫山醫院出土樂舞陶俑，現藏三峽博物館。

註六　〈大招〉、〈招魂〉俱為屈原作楚辭。

陷陣巴師啊
　勇銳舞赳赳
聲威淩殷人啊
　土崩魂魄丟
萬千軍中身先
　驍勇將軍斷頭
巴蔓子啊熱血噴
　項洞血氣咻咻
身軀血糊肉啊
　奮勇取敵酋
緊跟羽人舞啊（註七）
　雉尾插兜鍪
映日熠熠輝啊
　彩光風旋抖
錞于緊拍山河震
　變陣令擺羽毛頭
上山偃撲勢白虎
　入水躍騰猛青虬
巴師領軍啊
　青銅虎鉞遒
衝鋒版盾蠻啊
　披髮豹群身錦繡
版盾觸地雷
　殺聲撼天吼
前仆後繼湧啊
　戰死命算逑

左右出奇兵
　長矛緊握手
先發強弩射啊
　矢雨寒光飛颼颼
踏蹄放馬奔騰擊
　三軍陣中奪帥首
歡聲雷動天地應
　登高立沙丘
遍野屍橫陰風滲
　掩面莫回眸

慘烈壯懷化啊
　歡聲舞擺手
峽江土家啊
　一脈巴人後
大幅擺啊鼓聲疾
　陽剛雄啊戰事又
遠古記憶啊
　再衍千年秀
小擺手啊繞圈走
　男耕種啊女織繡（註八）

註七　羽人舞，古巴人樂舞。

註八　大、小擺手俱為土家族舞蹈，前者武，後者文。

喜鵲梅枝鬧啊
　豐衣足食夠
大擺手啊小擺手
　征戰農耕有
千里峽江養巴楚
　煌煌青史樂舞透

啊，樂舞巴渝勇啊
　荊楚樂舞柔
山鬼招魂啊
　巴蔓子信守
神女、湘君啊
　東皇、司命
乖青螭遨遊
　駕彩雲夢投
樂舞影疊江流

十四萬年啊
　石哨聲悠悠
打磨江峽石啊
　不為漁獵食肉
也非割葉剝皮
　掩體遮羞
日夜磨製啊
　堅砂鑽啊小孔幽
氣息通啊靈性透

諧動的嘹亮啊
吹響了人類史上
　第一聲哨啊
　藝術萌發的心與口
是為那沉寂的山林
　從此有隨人心的
　　百鳥鳴啾啾
是為那滾滾的大江
　從此把情感的寄郵
　　帶到天海盡頭

是為那顯赫的眾神
　多一份上達的訴求
從此啊峽江先民
　開啟了藝術的探究
金、石、土、木啊
絲、革、瓠、竹（註九）
　峽江生靈物啊
　　皆可化樂奏
巫山的紅土陶啊
　　四孔塤聲厚（註十）

註九　金、石、土、木、絲、革、瓠、竹即為八音。

註十　巫山出土，筆者藏。

哀婉穿長峽啊
懸棺雲崖露
春來山野綠
大木迎春立
敲木山鄉喚眾友
男女手拉手
歌聲笑聲喧啊
野合尋佳偶
莽林擇嘉樹啊
剜木先念咒
神靈木鼓附啊
鼓聲眾山透
擊打律韻急緩

竹板、竹竿、竹枝
吹奏旋律轉悠
竹笛、竹簫、竹哨
瓠鼓管細和聲稠
火禽竽啊大鳳笙
竹管立瓠斗
百鳥朝鳳後
排簫繪彩漆啊
七孔篪音輕柔
聲赫赫啊廟堂懸
奉犧牲啊舉卺酒
編鐘左懸掛啊
編磬懸列右

吉金鈕、甬、鑯、鐙、錞于
虎座鳳架懸鼓鞣
錞於立猛虎
編鐘廟堂奏
恢宏冠天下啊
金聲眾樂首
玉振編磬和
律動諧神州
幾橫琴、瑟、箏

絲弦吐蠶口
伏羲斫梧桐啊
法天地宇宙（註十一）
龍池八面風啊
四時鳳沼候
降神招魂靈啊
太和鼓鬯酒（註十二）
率民鬼神事啊

註十一　傳說伏羲斫木為琴，以法天地宇宙，上圓而下方，琴長三尺六寸五，意為三百六十五天，十三徽，即十二月加一閏月，五音則五行，另有兩弦，意即文武之道，龍池、鳳沼相舞，以率百獸也。

註十二　太和鬯酒，即以心感通充盈天地之太和之氣；鬯，先秦時招神之秬酒。秬，鬱金香草，所釀之酒，色玄，芳香，可暢天地。祭祀時置於青銅禮器之禁上。故《說文》解：「琴」為「禁」，彈琴，又為「鼓鬯」。

先兆吉凶授
可啟陰陽氣啊
風來八方開塞透
順天調風雨啊
應時召百獸
琴瑟小太極啊
律動天地儔
感應萬物靈啊
和鳴韶樂悠
禮樂大德配啊
山高清泉流
古來君子無緣故啊

不撤琴瑟案頭
琴瑟依依啊
絲竹靡靡更漏
琴瑟娓娓啊
香煙裊裊瑞香游
〈陽春白雪〉啊
〈下里〉〈巴人〉
長袖女巫舞啊
婀娜細腰扭
巍巍巫山高啊
滔滔大江流
峽風古樂頌啊
知音覓千秋

七

啊，三峽
你這神秘孿生的淵藪
遠古鬱鬱的巫風啊
又開啟了儺的情竇
那變形變性的面具啊
飽蘸人生百味勾
串聯現實與幻景
把過去與未來穿透
來一番院壩搓揉
從松明子麻杆火把
大紅燈籠到嗤嗤汽燈
再到發動機粗喉
密匝的院壩閃亮
葉子煙薰雜汗臭
焚香紙啊燃紅燭
儺壇開啊大神求
祭神主啊還儺願
班主法事運籌
判卦、畫符、誦念咒
諸神安位享受
一開壇門三六九
臺上臺下樂啊
看臉殼子打鬥
長鬍子亂吹啊

車水馬龍轉起扭
兵器十八般
本事靠行頭
莫道堂屋方寸小
禹步天罡走（註十三）
圖騰面具換
生旦淨末丑
鑼鼓響板敲啊
小旗插在背溝溝
圓瞪的雙眼啊
猩紅的大口
伴著緊鑼密鼓啊
一腔方言味道夠
方言入耳順溜

滋味足啊勁道厚
儺戲名堂多啊
巫師絕活露
驚險刺激叢生
看家本領出手
熊熊火焰吞
一吐串串遛
刀山把把寒光閃啊
赤足踏刃口
過火坑、趟火海
裸手撈石滾鍋油
贏得滿堂彩啊
驚羨八方狂投

退堂演武下
　文唱柳連柳
禹王成了菩薩
　太公滅了商紂
華容關公放曹
　長阪坡上張飛吼
銅鑼聲聲心驚
　皮鼓點子急驟
臺上高腔領啊
　臺下和聲溜
對唱問答巧
　幫腔尾音陡

田間地腳事啊
　問豬又問牛
巨細皆親和
　鄉黨說卯酉
即興入港佳處
　放懷大笑亂逗
師刀師棍揮舞
　紅臉善美塗啊
總勝白鼻花臉醜
　佛道一鍋炖啊
　　文野脫窠臼

註十三　禹步天罡，即學大禹之步，踏罡布鬥，以作法場。

融融山野風啊
自產自銷樂和透
巫風鬱鬱來遠古
大江一路流
驅厲鬼啊神靈求
除災禍啊祥福佑
不絕滔滔啊
大山大江淵藪

八

從莊子筆端飄來
尾隨黃帝出遊
險山惡水生息啊

慣看生死出沒
如山雲無心出岫
山野風趣習習
善為打趣消愁
嬉笑怒罵莊諧
一派滑稽倡優
寓諧妙語倡諫
笑謔舒展眉頭
君不見啊淳于髡
巧擢威王溺酒
大鳳三年不鳴啊
一鳴眾人驚久
大鳳三年不飛啊
一飛沖霄九

龍門陣一擺啊
　屏息莫咳嗽
自從盤古開天地
　故事說從頭
一桌一椅一摺扇
　撫尺拍彩丟
金錢版一打啊
　手順嘴巴溜
張口就是戲啊
　滿腹故事流
演化撥三弦
　絲弦揚琴悠
三湘唱花鼓啊
　秦腔弦子奏

荊楚多雲山啊
　採茶黃梅調子謳
碟子一敲清音脆
　噗噗飛斑鳩
布穀鳥叫忙春種
　窩點包穀豆
東南西北匯
　峽江一水收
最喜蓮花落啊
　唱和無老幼
方言唱竹琴
　說唱任自由
碰鈴敲清越啊

琴筒韻渾厚
金戈鐵馬陣啊
花前月下述
哀婉青竹低韻
壯闊萬竿風遒
編導演一身
說彈唱獨奏
上可雅堂登
下可四方遊
甜酸苦辣備嘗啊
百味人生透
巫山龍骨坡啊
號子蕩悠悠

韻從大荒來啊
地窟空幽幽
撞歌少年郎啊
偕韻踏歌走
疑是桃花潭啊
汪倫岸揮手
太白頌高聲啊
清弋江方舟
影搖清波亂啊
玉壘山回眸
酉陽唱古歌啊
石柱囉兒調土家謳
梁山燈戲新啊
抬兒調子舊

銅梁火龍舞啊
　四濺鐵水豆
火光映天紅啊
　歡聲揚高丘
鞭炮響，年節鬧
　殺年豬，薰臘肉
紮花燈啊臘八粥
　戶戶推磨點豆腐
　　大甕釀新酒
掛燈籠啊耍雜戲
　高臺舞獅

鑼鼓響板喧
　吹打接龍遊
滑稽跳加官啊（註十四）
　憨態舞胖頭
團年慶有餘啊
　辭歲除夕守
相拜吉祥祝啊
　大年好開頭
熱鬧人丁旺
　風調雨順兆豐收
沃土生奇葩
　豐彩群消受

註十四　儺戲「天官賜福」、「加官進祿」等吉祥祝辭，俗稱「跳加官」。

靈巧順受眾
即興善應景啊
多變多因陋
山鄉喜聞樂見啊
百藝峽江優

九

啊，三峽
你是什麼
有人說啊
你是舞之柔
你是樂之奏
精彩紛呈啊

絕豔總把魂勾
發乎於心啊
開啟情竇
坎坎啊
鼉鼓響徹山昂首
蹲蹲啊
巴女舞來江揮袖
壯啊，陷陣虎威
野啊，招魂風幽

啊，三峽
你是什麼
翩翩舞來啊
你這人神的交媾

嘵嘵唱來啊
　你這天地的靈透
提及你
誰能不歡欣奔走
走向你
誰不憾感官不夠
未見你
誰能不惆悵滿腹
告別你
誰能不魂散魄丟

啊，三峽
　水波律動悠悠

　山峰蹁躚赳赳
旋律渾然天成
　節奏萬類自由
你融入血液
　你鑄就靈肉
激揚意氣啊
　風發千秋

八

壩橫

啊，三峽
你是什麼
一來就滾滾萬里
從天到海的開闔
一走就是兩億年啊
依稀帶那啊
三疊紀的岩核
和那又老又遠的地中海
有說不清的牽扯
這一切誰也未見
唯聽那岩石細說

驚天地的火山噴薄
滾滾岩漿吞沒
啊，任性的地球呀
一翻身蹬亂啊
蔚藍大海的被蓋
地球裸露的羞遮
轟轟隆起昆侖山
可可西里寒徹
巴顏喀拉山
橫斷山脈曲折
秦嶺巴山啊巍峨
急退萬里啊地中海
斷裂陷落凹槽地板搓

潰退中把滇池
　邛海、雲夢澤
　　一併倉惶交割
從那時起啊
　襁褓中的長江
　　就開始億萬年選擇
彷徨啊橫溢
　在萬山高岩中嘚瑟
從東往西啊
　捧日出啊送日落
一路背負太陽亂竄
　　狂奔低窪路奪

讓蒼天與大地看啊
　那莽撞的江河
　就像瘋狂失性的水蛇
刻骨銘心了
　那幼年的蹉跎（註一）
啊，地球
　造山何磅礴
動輒億萬年
　　完成一次起臥
抬一下手伸伸腳
　　更莫談精心傑作

註一　一點八億年前的古長江，與今長江流向截然相反，自東而西。

一出手就是啊
　天地開合
一論就是地質年
　才配得上計算
　　大山大江的恢廓

從印支到燕山
　唐古拉山嵯峨
青藏高原啊緩緩抬
　大別山巫山縱橫錯
盆地四川抬升啊
　洞庭盆地沉落
喜馬拉雅再造啊
　地中海徹底遠隔

三千萬年衝撞啊
　斷陷深峻壯闊
又三百萬年啊
　喜馬拉雅山再震赫
拱起世界屋脊
　讓沱沱河通天河
匯演金沙江的險惡
　再納入雅礱江大渡河
裹挾青衣江、沱江、岷江
渝水、渠水、涪江
　浩浩湯湯闖出川鄂
從此迎朝陽
　滔滔一唱萬里壯闊
川江、峽江、荊江

浩浩揚子歌

為人類誕生啊
長江把一切備妥
如同任何大江大河啊
是文明的胎座

認識你啊
人是何等稚氣笨拙
你這後來者啊
糾集了如此多學科
一走向前所未有的你啊
就頓然唏噓啊
理論失血蒼白
系統錯節虛脫

無論是科學啊
還是推工程
對你就得全盤整合
江河入大海啊
何能分啊你和我

二

從夢的醞釀啊
到工程大幕落
你這縱橫交錯的江河
一上來就野心勃勃
要弄個天下第一
讓世界腰折

截億萬年的奔流啊
削億萬年的嵯峨
讓億萬顆心啊
跳出胸窩
讓億萬雙眼
凸出珠落
一次又一次啊
從震驚到錯愕
三峽大壩夢啊
追根民國出殼啊
孫文萬言宏圖
〈建國方略〉枕南柯
夢續薩凡奇啊

踏勘峽江三度磨（註二）
煌煌計畫報告書
曠世奇功開鑿
遍野狼煙洶洶
病樹失血多
焉得奢望果
在那艘冠名叫
「長江」的軍艦上（註三）
策動了啊策動
對萬里長江的宰割
那隻大手啊
慣用紅藍兩色鉛筆
玩於股掌啊紅藍色

紅色畫出運動風暴
藍色塗抹氣壯山河
　對欽賜「長江王」的垂詢
　　促就藍色筆浪漫一戳
在地圖完成截流
　判了大江命脈
當絕對的權力
　與運動文化命革
讓駭世奇功夢
　借強權附著

祖國山河啊
　與億萬生民
　　在劫難逃脫
前所未有塗炭啊
　　天災人禍
既無人民授權啊
　也無論證科學
大躍進的爐火復燃
　映紅高峽平湖
　　燎原萬里山河

註二　美國工程師薩凡奇於抗戰期間三次踏勘峽江，並提出修建三峽電站計畫書。

註三　一九五三年二月十九日毛澤東自武漢登上「長江」艦，並招被毛呼之為「長江王」之林一山同行。

以一省之視角
要把浩浩大江腰鎖
把葛洲壩做成蛋糕
以壽誕之喜刀落（註四）
讓百戰之身的軍區司令
把葛洲壩工程
統籌啊定奪（註五）

工程兵加民兵
十萬大軍鬥江魔
五年竣工豪氣沖
三邊工程啊驚世愕
進度急推戰役多
紅旗施工軍令喝
十八個春秋啊

大壩澆築馬蜂窩
臨陣換將查隱患啊（註六）
返工僥倖避大禍
以文化大革命的強暴
讓大江築壩怪胎啊
未婚先已坐
亂刀先斬的葛洲壩啊
已把三峽大壩脅迫

遠未立項啊
三峽省就已籌措
統籌的推進啊
似烈馬韁脫
而那連月的傾盆

又添加最後一把火
終於讓三峽大壩
　夾生煮一鍋
辛未洪水滔滔
　華東六省肆虐
舉國救災啊
　荊江大堤險破

因勢喧囂媒體
　歸下游豪雨湮沒
　　咎上游萬里水禍
全不顧中下游啊
　天生的湖泊交錯
　　盡改成農田阡陌
洪水氾濫啊

註四　一九七〇年十二月二十五日，毛澤東七十七歲生日前一天，周恩來讓人把葛洲壩做成生日蛋糕，呈送毛澤東。

註五　時任武漢軍區司令員之曾思玉領銜為葛洲壩工程第一指揮長；第二指揮長宜昌軍分區司令員李地山。數十萬施工隊伍按軍事編制一哄而上，大搞「三結合」邊設計，邊施工。

註六　狂熱工程導致大壩「蜂窩狗洞」無數，裂縫八十六條。緊急中周恩來下令調換工程指揮與施工。林一山被「解放」出緊急赴任，終暫免大禍。

狂野路奪
千軍萬馬搶險
宿夜大堤枕戈
防洪築大壩啊
病急投醫錯
人心為之燥
輿情為之羅
風吹的導向
無需授權的運作
密室煙霧瀰漫啊
早已畫就圈閱
大禮堂表決蓋戳
絕對權力的把握

以政治綁架科學
把拒簽論證者撤換
要專家啊不要思索
表決的倉促啊
要的就是附和
即便強勢如此啊
也僅有尷尬的微弱
從此把早已動工的
遮羞和偷摸
變成了密鼓緊鑼
把炫彩漫天塗抹
讓擴音器日夜放歌
再不顧無休止的苦諫

再沒有大壩高低的眾說
只有那如虹高壩
世界第一的磅礴
從此開啟了啊
兩岸膏腴的淹沒
數百計城鎮沉澤國
百萬移民的流落
民生國計的捆綁
預算的婆說公說
工程上馬先釣魚
瞞天過海啊
何愁不屢屢突破

全面上馬啊
三斗坪上紅旗獵獵
馬達轟隆煙塵惡
長江清流橫濁
億萬土石方
把青山綠水膛剖
億萬混凝土啊
澆築了千古淺薄
一百八十五米的高壩
把兩岸群峰矮戳
咆哮的洩洪道啊
是大江無盡的憤怒掙脫

大江大河啊
　天生洪枯漲落
啊，水利與水禍
　你這天與人啊
　　無休止的拚搏
誰也離不開誰啊
　永恆的相濡與沫
西高東低啊
　西北東南季風說
滾滾大江東下啊
　颼颼長風灌河
夏秋攜來大洋的水汽
　　萬里長江灑落
就因為消化眾水啊
　中下游天生萬千湖泊
一道荊江大堤啊
　把九曲迴環圈割
率性的張居正啊
　以造福的名義
　　開始了對幹流勒索
從此天然的分水蓄洪
　便失去八百里迂闊
圍湖造田的墾殖啊
　又把三分之一湖泊
　　從大江中下游塗抹

患水災的中下游治病啊
總讓上游吃錯藥
年年強勁的東南風
照舊在大壩以下
颳來難料的滂沱

洪水季節的沖淤啊
並不只是作惡
順應天文變化啊
把多餘釋於疏豁
地有高低啊就濕通氣
道法自然啊何用人破
恰如尼羅河的漲落啊

肥埃及文明土沃
萬物的生息啊
都有共生相剋
就像風暴掃蕩霧霾
還朗朗藍天廣闊
水枯水漲都有鮮活
大自然的節奏啊
是生命的鐵律金科

總想要人定勝天
動輒氣吞山河
治水的思路啊
只是用現代的大工程

重蹈那繇的臼窠（註七）

大壩橫絕啊
水流泥沙壅塞
更有那卵石積禍
動脈中大血栓啊
讓暢流從此亂搏
三門峽的覆轍啊
歷歷在目劫數難脫
眾山之母啊
眾水之源活
西南的山高啊
涵育了千萬江河
從高往低流啊

落差勢能獲
聚焦湍流下啊
水能化電荷
開發獲利大
水電成熱學
從此看江河啊
無非壩一座
算計愈精確
言之愈咄咄
大權一朝握啊
大江水電墮
曠世樹偉業
專業領先河
不論上不上啊

只議上如何
天下誰是主
山河也姓左
支流水能富啊
開發風險弱
但無開天地啊
蓋世桂冠奪
本不是論證公平
開始就無平等言說
一曲〈水調歌頭〉

絕不僅夢枕南柯
尚方寶劍的揮舞
早把三峽細腰剁
中下游巨量的能耗啊
把東西權重錯撥
三峽大壩的定位啊
大局錯上加錯
宴樂東部上座啊
西部添柴燒火
這樣的水電開發啊
加劇不平衡的溝壑

註七　鯀，傳說為黃帝曾孫、昌意孫子、顓頊子、大禹父、夏啟祖。被堯封於崇。以堵治水，敗而身亡。大禹吸取教訓，以疏導治水，而王天下。

讓上游泥沙壅塞
把萬千膏腴淹沒
百萬移民失土
衝突此起彼落
貧窮分化加速
只會聚集災禍
只把三峽當水電啊
三峽就蛻變為一堆
冷冰冰的刀斧鋸銼
電價能量終有限啊
文脈民心價幾何

四

巴人先民啊
生養在大山大河
一生浪舉飛舟啊
縱死船棺駕舸
驚濤駭浪穿雲
千里江陵一日梭
自古出川險啊
上青天而喪魂魄
搭激流啊扳擼舵
鼓風帆啊拉縴索
千萬年的峽江航啊
風浪裡行船二哥

一八八三年啊
闖來了方外客
漢口登船溯江上
善海島國人啊
艦船開拓
開埠通商軟硬磨
千古良機先捉
英人立德樂
覬覦峽江先聲奪
兩次侵航川江
終在一八九八春啊

峽江首闖開拓
火輪「利川」險脫（註八）
從此峽江上下啊
汽笛聲聲雲霧破
終於啊一九二五
民生輪從合川啟泊（註九）
由內河駛向啊
大海萬頃碧波
烽火四十餘天啊
悲壯中國敦克爾克
在峽江航運史上
把抗戰輝煌鐫刻

註八　英人立德樂一八九八年數次溯江，以「利川」輪自宜昌歷萬險而抵重慶。首開火輪入川江之航。

註九　西元一九二五年盧作孚所率「民生」輪首航川江，從「合川劃子」開啟其走向遠洋之事業。

響徹天地啊
煌煌抗戰悲歌
滔滔長江養育啊
從無到有的航運中國
豐沛充盈的大江啊
眾水之王冠奪
水道天賜大動脈
入海萬億立方啊
三分之一徑流獨佔
引領神州江河
從支流到幹流啊
萬里長風海天闊
扁舟巨輪啊

編織長江水網開合
便捷暢達良港星羅
涵蓋流域啊
江山半壁中國
滙聚東西南北啊
交流四海客貨
幹流的中軸啊
一暢天下活絡
不到百里長江啊
兩度遭閹割
三峽再無陽剛
雄勢在記憶裡搜索
水泥高壩橫截啊

萬里動脈栓塞
船閘升降過往
連月壅塞船舶
浩浩大江人梗阻啊
蓄水積船躉貨
言猶在耳啊
白紙黑字鑿鑿
論證忽悠民眾
利航川江達重慶啊
江海直航萬噸駁
偷換概念啊
原是萬噸船隊拖
誰料大壩阻啊
轉眼謊言破

船貨億萬噸啊
常態曠日候閘過
上下共呼啊天奈何
事後諸葛亮啊
緩堵論爭各說各
上下翻壩啊
船卸車轉貨
船閘再造啊
船貨一水升落
神通各顯諸侯潑
橫刀利亂割
上游中游下游
自有名目巧托
萬里長江遍瘡痍啊

萬橋千壩大江鎖
航道公里十七萬啊
中斷通航四萬多
悲夫蒼天賜大河
千古黃金水道啊
三十年光淪蹉跎
愈演愈烈啊
長江肢解無救藥
一語竟成讖
天不啊再挖
長江第二河
三十年後再看啊
淤積千里回溯

庫容從河床萎縮
航道自根基逼仄
長江巨龍啊
脊樑斷折病臥
三分之一中國啊
從此罹患沉疴

五

自西往東的奔流啊
縱貫半壁山河
從青藏到東海啊
連綴三個臺階交割
每一臺地的過度啊

地質斷裂帶的咬合
大壩蓄積湍流啊
億萬倍驟增磅礴
負荷增壓應力變啊
聚焦斷裂帶的脆弱
巨能總把桎梏掙脫
板塊要碰撞組合
地獄中的默默蟄伏啊
日日夜夜牙磨
誰也難料的險惡
一旦地動山搖啊
便是沒頂的滔天大禍
屈指幹流支流的大壩啊

高聳千百萬座
落差決定流速啊
勢能轉換電荷
大壩總在江狹處啊
誰解狹處孕大惡
落差大啊斷裂錯
重力變啊屯江河
本當減壓啊
反增負荷壓脆薄
千仞大廈啊
根基雞蛋殼
從仙女山到九畹溪
建始斷裂帶北向拖

西緣秭歸盆地托
　俱是峽江溝壑
更有上游鮮水河
　雅礱江金沙江溪洛
岷江紫平鋪
　嘉陵江白龍河
萬千水壩啊
　正化萬千水魔
處崩潰啊
　引發骨牌多米諾
洪水滔滔萬里吞
　哀鴻遍澤國
菑水浸泡陡坡
　土軟山石落
年滑一百五處啊
　蓄水陡增十倍多
兩岸青山啊
　斑駁盡皮剝
露骨山體瘡痍
　整山整坡肉落
一水清江啊
　氾濫泥污水濁
打樁敷網灌水泥
　斷崖赤壁光裸
滑坡疏浚堵啊
　無休止的賭博
西西弗斯（註十）宿命啊

從古希臘到現代中國

長江幹流處處斷
　梯級電站十二座
岷江十七梯啊
　雅礱江幹流二十一
　二十四級大渡河
樞紐電站十七壩
　嘉陵江斷百折
烏江十二級啊
　幹流支流梯田坡

慘不忍睹啊
　萬里江河萬里切割
把億萬年的天地適應
　從結構上顛覆打破
從大躍進延續的
　喝令三山五嶽
　重新安排江河
天地要順應啊
　意志的不可琢磨
系統的陡升暴落

註十　古希臘神話故事：觸犯眾神的西西弗斯，被罰將巨石推到山頂，而石頭因自重又滾下山，他得再將巨石推上山，如此不斷重複、永無止境。

總以為是啊
　天命讓人算勝過
自然的不可知啊
　乖乖稱臣科學
當重慶大澇緊跟旱魔
　就有百年不遇之說
全與大壩無涉
　天災不委人禍
下游湖泊入水拙
　雲夢澤鄱陽湖
　　再難見浩淼煙波
露底的鄱陽湖啊
　龜裂四射乾涸
長江之腎啊
　亟待透析救虛脫
八百里洞庭湖啊
　三分之一退縮
長江流域啊
　難道窮途路末
誰把大好山河
　當那權的角逐啊
　　利的宰割

從三疊紀早期啊
　游來中華鱘、白鱘群落

尾鰭輕輕擺啊
　把一水清波劃撥
比長江更遠久啊
　軟骨把進化鏈說
大江最古老的居民啊
　見證造山運動
　數度演壯闊
從那時就開始啊
　洄游萬里的巡邏
到金沙江產卵啊
　再到大海開拓
獨特的水中國寶啊
　億萬年的執著

把內河的信息
　與大海細說
再把大海的音訊
　帶回高山內河
把一脈海與河的生態
　形成永恆的聯絡
冷冰冰的水泥大壩啊
　把洄游無情阻隔
失去了產卵場啊
　再難見海洋廣博
還有那白鰭豚
　胭脂魚啊揚子鱷
鰣魚江豚松江鱸

國寶珍稀群落
可憐卿卿命薄

更有那關閘開閘啊
水漲又水落
從不告知魚類啊
水壓驟變無定奪
霎時升啊轉瞬降
魚浮魚沉亂水渦
水倒流啊馬鞍駝
水族自古應對啊
不知水竟上溯
深水魚淺水魚啊
鼓白眼啊魚鰾破

大魚水面翻白肚
無助任捕捉
江岸無數兩棲動物啊
龜鱉螃蟹大鯢河蚌
難逃暴漲暴落
頃刻失居所
就連土鼉螻蟻蚯蚓啊
也暴屍萬千坨
從此庫區的水族啊
備受關水放水折磨
物種滅絕的瀕臨啊
種群銳減的災厄
不可逆轉的到來啊

曠古未有的大禍
億萬年的居民啊
老窩全毀啊
老命橫遭奪
千萬大江的漁民啊
千年的生計慘遭奪
從幽谷老猿的哀鳴
到子規夜月啼落
酈道元乘風御奔啊
蔭天蔽日裡飛梭
老猿不知去處啊
子規也難見過客
數百里無闕的莽林啊
走遍三峽難索
全化為那
黑煙滾滾啊
大煉鋼鐵的爐火
從湖廣填川的明末
到乾隆盛世的展拓
大江兩岸的膏腴啊
早已襟捉見肘
田盡墾地啊
地罄挖山坡
毀林開荒啊
造田圍湖泊
長峽的兩岸啊

水土流失多
流域焚毀啊
無盡的刀鋸斧落
縱使荒山野嶺啊
峭崖絕壁的古木
也難逃災禍
水淹生態變啊
森林蛻化灌草坡
碎片島嶼化
孤獨物種弱
金沙江啊雅礱江
原始森林上游多
向森林要財政啊

原木滾滾下江河
驚濤惡浪命搏
喊一嗓放排人的歌
光禿禿的幹熱河谷啊
歌聲的豪情化為沙漠
金沙江的泥沙啊
又把水土流失桂冠奪
一百八十五米的高壩啊
淹溺不容分說
萬頃膏腴陸沉啊
世代家園澤國
數百自然保護區啊
萬里生物群落

還有那數十萬畝柑橘
剛盼來啊掛果
又沉水下遺跡
移民的夢破

巨量的庫容啊
再把水汽聚合
讓霧都重慶啊
在陰霾裡添些裊娜
森林覆蓋率啊
大幅度滑落
水土流失率啊
屢屢記錄開拓
把原本的生態脆弱
從根本上湮沒
連同脆弱流域居所
永從地圖上塗抹

七

權力的天平怪誕
標尺與衡重節脫
人民是標尺的刻度
利益是稱量的結果
為人民建壩啊
讓一百數十萬人家破
為國計民生啊
讓舉國為一壩緊縮

數百城鎮淹沒啊
千家萬戶流離失所
把數千年的鄉土情愫啊
　盡付東流洪波

昔歎苛政猛於虎啊
　今有工程猛戰火
生態移民毀生態
開發移民啊
　從移民之處生財多
幾十年論爭啊
　上馬下馬高低紛說
三峽的民心啊
　在折騰中數度狂搏

規劃無望啊
　發展無著落
空懸之苦啊
　不死又不活
數十年渾渾噩噩
　幾代人得過且過
煎熬的獄火啊
　數百萬人的歲月久拖
忍耐極限的考煉啊
　縱死也算解脫

原本長江養育啊
　現卻因臨江得禍
從此背井離鄉啊

只在夢裡搜索啊
　故鄉那條母親河
三門峽、丹江口
千島湖、新安江
　水庫移民幾十年啊
　　安於新遷者幾何
環顧世界大壩
　哪有移民如此多
耗費數百億啊
　折騰近舉國
終落得告狀年十萬
　　嗚冤哭靜坐
先移民再流民

　　來日暴民結夥
「三民」之謂泛起啊
　事釀政治沉疴
移民經費啊唐僧肉
　機關算盡層層剝
多少交易黑幕
　多少昧心貪墨
任爾呼天天不應啊
　算盤珠子官家撥
爭辯抗訴無奈
　上訪遣返罪獲
舉家搬遷淚抹
　紅旗飄飄敲鼓鑼

異鄉重安家啊
　萬事費折磨
棲身有居所啊
　總難心貼妥
環境熟悉快啊
　四鄰盡疏闊
難見真心笑啊
　南腔北調學
生硬憋屈氛啊
　皮笑心生陌
生計全大變啊
　將就忍氣多
不是故鄉土啊
　處處少親和
偶聞鄉音喚啊
　眼熱到心窩
夢尋千里路啊
　歸鄉無著落
扶老攜幼返啊
　寄居親友妥
日久生是非啊
　瑣事孕碰磕
吞聲看臉色啊
　檐矮難伸脖
釁起不留意啊
　難免背脊戳
徒傷親友情啊

愧疚終身落
小康無所尋啊
安寧亦無著
大水淹故土啊
搬遷毀生活
苦向媒體吐啊
報導即惹禍
村口防記者啊
貓鼠迷藏捉
外電捕風影啊
攻訐化妖魔
相信領導上級啊

百事安排妥
小我為大局啊
兩者要撇脫
移民千千萬啊
不了你一個
大家都能過啊
你也沒得說
風車扇穀子啊
稻米篩簸籮
莫學稗子糠頭啊
小心遭篩脫
百萬移民安置啊
強權不可度
莫管來日釀禍啊

大壩高聳巍峨

從遙遠的古希臘
傳來古老的傳說
暴君宴樂的頭上啊
馬尾懸利劍
達摩克利斯之禍
三峽高聳的大壩啊
把中華的腹地
命門拱手奉托
一壩崩潰啊

大半中國吞沒
上千平方公里啊
連想也是罪過
生靈塗炭啊
茫茫水鄉澤國
交通阻絕啊
城鄉泥沼陷落
百業無電廢啊
萬眾黯淡生活
就連戰備軍需啊
無能源也得趴窩
只要大壩的存在啊
便是潛敵的最大誘惑

外科手術式打擊
恆定的大壩啊
目標打擊精確
定點威懾啊
導彈遠端發射
單一轟擊鎖
只消計算彈著
戰爭成本最低
卻有最大收穫
對我華夏古國啊
大壩是致命薄弱
懸頂利器的劍柄啊
為何讓他人掌握
而這劍柄的稱手啊
卻為他人製作

說什麼戰爭症候捕捉
大壩放水緩洪波
戰備預防織天羅
僅是戰前全民動員啊
也是兩難費斟酌
誰敢輕易啟動
浩瀚庫容的水落
把民族的生死存亡
在僥倖萬一上寄託
君不聞啊春秋末
趙襄子晉水淹智伯

從此三家分晉啊
開啟群雄逐戰國
善戰關雲長啊
水淹七軍樊城落
誅龐德啊擒于禁
聲威震三國
更有抗戰花園口啊
炸堤洪水激濁
阻敵淹百姓啊
黃泛區啊苦難多
三峽大壩啊
一百五十七億立方水啊
能量何磅礴

孫子早有言啊
「上兵伐謀」
明智者預彌災禍
西哲墨菲定理啊（註十一）
凡人可出差錯
早遲躲不脫
要害受制於人啊
問君能安臥
自從高壩蓄水啊
無論任何時節
須臾不可忘啊
舉國火山坐
一旦戰端開啟

轉瞬江山半壁沒

九

啊，說不清
　三峽啊你是什麼
有人說
　　你是工程啊
　　　你是科學
聳立的大壩啊
　　　恢宏壯闊

前無古人啊
　舉世皆驚愕
踏上三斗坪啊
　單看工程浩大
　也是眼界的開拓
花崗岩的石芯啊
　把噴湧的岩漿定格
聚多少人留影
　引多少眼撫摸
或許想起城鎮搬遷

註十一　愛德華·墨菲（Edward A. Murphy）提出：一、凡事都非其表面那麼簡單；二、凡事都比預計長；三、會出錯之事必出錯；四、如擔心某事發生，必將發生。

想起良田淹沒
想起魚類劇減啊
生態日趨變惡
哀婉漸遠的動物種屬
惋惜瀕危的生物群落
危及的不是單一物種
而是種群啊
連同根基的存歿
或者祈禱遠離戰爭
恐懼那慘絕大禍
啊三峽
你是什麼
提及你

總讓人牽魂縈魄
走向你
誰能不深感淺薄
未見你
誰能不抱憾終身
告別你
誰能不倍憂國祚
啊，三峽
你是什麼
億萬年的造化啊
天地靈秀的大河
自然美的集大成啊
人類學科的整合

九

餘音

一

啊，三峽
什麼是你
把剔透晶瑩
冰雪清純啊
從茫茫天際
帶向大海萬里
把清波與濁浪啊
峰高谷低
滂沱與澎湃啊
湍流啊迤邐
讓一江渦漩啊
化一水問題

啊，三峽
什麼是你
是風光無限啊
勝景逶迤
是長峽巫風啊
山鬼幽密
是考古發掘啊
青史秉筆
是長歌吟誦啊
繡口珠璣
是丹青潑墨啊
煙水迷離
是號子高亢啊

琴瑟淒迷
是大壩高聳啊
大江悲戚

啊，三峽
什麼都是你啊
你卻不是單一
水珠可折射陽光
陽光絕不憂水珠替
三峽的每一面啊
只是三峽的色霽
啊，三峽
你是一切的富集
你是生發的母體
任何的單一啊
都是肢解的整體

二

無論你是多次
還是平生唯一
只要你走進三峽啊
抑不住的心啊
濤滾浪激
總讓你亢奮啊
讓你新奇
從感官的撞擊
直到心靈洗滌

只有三峽啊
給予才能立體
且三峽觸及啊
就將植根心底
讓你永嗅啊
長江母親河
無論何時何地
無論走向哪裡
靈魂裡都蕩激啊
這永恆的記憶
讓你愛戀啊
給你偉力
一代一代啊

總把經歷傳遞
總想帶著兒孫啊
重踏魂牽的故地
仁者愛大山啊
三山五嶽傲立
三峽的險峰奇巒啊
展開就是數百里
雄、險、奇、峻、幽、秀
群聚眾山魅力
智者愛大江啊
黃河雄渾灘江迤邐
三峽的水美啊

偉力陽剛啊
與空靈陰柔的交織
無論你多麼富裕
到這裡你會深感啊
窮得沒了底氣
無論你多麼貧乏
到這裡你會頓覺啊
你擁有了天下富集
而那慷慨的三峽啊
給你再多啊
美卻沒有絲毫消失
與人的交感啊
反哺出更多生機

誰不愛祖國啊
愛豈能不附體
故土難捨難棄啊
那是魂靈的皈依
山河壯闊秀麗啊
那是生命的根基
無論你
飽經風霜啊
或是初涉人世
三峽啊總能給你
那無窮盡的活力
在這喧囂的時代啊
氾濫物欲橫溢

對故土的冷漠啊
趨享樂的幅集
家國的衡量啊
可悲的不是身的別離
而是那心的拋棄
世界的融入啊
切莫失去自己
長江入大海啊
沒了三峽啊
那還有特色可依
多彩的豐茂的
生發獨立的根基
啊，我的三峽啊

天下何處能替
你這山水美的唯一
你這偉大文明的創世

三

遙望那神女癡情啊
風鬟霧鬢千古理
眼梢忙打量啊
楚王台的雲氣
彷彿屈子的長嘯啊
宋玉的哀婉歎息
李白的詠歎啊
讓你再看白帝城

要搜尋彩雲朝辭

看長風遊雲啊
把自由深吸
輕舟過夔門啊
在萬水奪門的濤聲中
你會聽到少陵誦詩
領悟那夔門的氣魄
成就與惡狼衝擊
看驚濤拍岸啊
千堆雪撞擊
把酒酹大江啊
東坡為千古英雄
抒一腔豪情啊

長浪風寄

莫看那老船夫啊
沉默無語眼細瞇
也莫看那背二哥啊
木訥打杵喘氣
他那憨憨一笑啊
透出那骨子裡
靈與肉同三峽啊
生來的親密
只要話匣打開啊
那如峰巒迭起的傳奇
那如長浪追加的經歷
裊裊騰葉子煙啊

吞吐大口的酒氣
就是那縴繩上的愛啊
也蕩入了大街小巷
在卡廳舞場裡啊
隨薰風中漫迷
三峽的美啊
盈于高天大地
三峽的美啊
化入民族精氣
連綿的大山啊
一望就沉穆靜謐
讓你涵養骨氣

奔騰的大江啊
總讓你滄海共濟
讓你激發靈機
雲霧啊總放飛遐想
把蒼白啊蕩滌
讓你的夢想啊
幻化展翼
雲霧中的絕壁啊
為你祛一份矯飾
壯幾許剛毅
體悟一番啊
無欲壁立
長峽的雄風啊
吹散一份算計

揚一帆勃勃生氣
啟航就向那
滄海天際

啊，三峽
雄冠古今啊
華夏魂魄的母體
當你失魄時啊
漫漫苦旅獨羈

船，載不動的重負
縴，扯不盡的愁思
崖，躲不完的陰影
江，流不斷的悲泣

峽江啊，
默默的慰藉
當你春風得意
放舟江陵千里

城，揮不盡的彩雲
猿，啼不住的驚喜
舟，逐不斷的輕浪
山，留不下的情義

啊，三峽
你總把天地的神奇
化為人性的生機
從淺薄走向豪邁啊

由糾葛生發高義
白陰霾開拓爽朗啊
去逼仄超脫大氣

四

江海的潤澤啊
文明生發之源
在江海的懷抱裡啊
千萬年家國拓展
蘇美爾、赫梯、亞述啊
兩河流域的繁衍
古埃及的文明啊
全仗尼羅河氾濫

古老印度的胎息啊
與恆河漲落攸關
古希臘遙對腓尼基啊
商通地中海兩岸

黃河長江哺乳啊
炎黃一脈萬千
大河雄渾啊
慷慨深沉剛健
大江秀美啊
激越靈動夢幻
養育華夏悠悠啊
煌煌傲立天地間
如同風雅頌啊

大河文脈師傳
奇崛楚辭騷體啊
大江長濤詠歎
沒有三峽的山水養
沒有巴楚巫風涵
誰能想像啊
秭歸走出屈原
一曲絕唱啊
千秋哀婉
面對水泥高壩啊
誰還會吟頌啊
傳世詩篇
屈指古今啊

從三峽江岸
走過多少詩人
放舟行船啊
激發多少靈感
誰不為之心動啊
誰不為之詠歎
把一腔才情啊
蘸平生際遇
化作詩興長浪喚
風趣雲峰伴
敢問還有何地
發詩意千年不斷
勃詩興群星燦爛

何為生命價值啊
不就是詩意的活鮮
西哲海德格爾啊
歷盡磨難吐真言

滔滔大江湧來了
千古詩人結伴
滾滾長浪又將湧出啊
多少詩家名篇
還有長浪奔湧
那不盡的丹青源泉
衝動幻化啊
五彩斑斕
春夏秋冬啊

日出月圓
氣韻色塊啊
冷熱明暗
線條剛柔啊
濃淡暈染

還有那風吟長峽
驚濤拍岸
船夫號子啊
村姑春戀
長歌小曲啊
流音婉轉
采風山野啊
交響詠歎

更有那大江浪推
　　幾多好兒男
將軍重諾啊
　　壯士斷腕
抗戰軍興啊
　　浩浩出川
慷慨悲歌啊
　　氣衝霄漢
偉大的民族啊
　　總把英雄頌贊
吟唱的史詩啊
　　心口千古傳
古老的蘇美爾人啊

把〈吉爾伽美什〉詠歎
盲眼的荷馬啊
　　吟唱〈伊利亞特〉
和〈奧德修斯〉啊
　　撥動人心數千年
〈摩柯婆羅多〉啊
〈羅摩衍那〉
　　跳動在恆河浪尖
古羅馬的維吉爾
　　嘔心把〈伊力特〉撰
傳到中世紀啊
　　把但丁〈神曲〉彈
〈羅蘭之歌〉啊

彰顯法蘭西的浪漫
《尼德龍根之歌》啊
涵育日爾曼
《伊戈爾遠征記》啊
古羅斯的征戰
《格薩爾王傳》啊
雪域的英雄漢
偉大的史詩啊
養育偉大的情感
獨特的天地啊
把獨特的文脈承傳
三峽獨特的消逝啊
大江文脈的腰斬

剩下那瘡痍遍體的啊
一隻黃河病足
何能讓巍巍華夏啊
屹立東海之畔
沒有三峽雄奇啊
哪來偉大史詩的企盼
民族精神的召喚

五

當你第一次擁抱三峽啊
把三峽由衷禮贊
頃刻身不由己啊
襲來無邊遺憾

貪婪的心啊
　不夠用的感官
總嫌不過癮啊
　唏噓接踵驚歎
新奇和怪誕啊
　像夾岸的大山
一座座壓來啊
　又一座座飛遠
像滾滾的江水啊
　一浪浪劃破
　又一浪浪回轉
無論哪一面絕壁啊
　無論哪一座峰巒

任一股激流啊
　任一串渦漩
甚至是江風颯颯
　甚至是岩鷹盤桓
絕壁倒掛的老松啊
　飛流直下的白湍
哪一個不令人叫絕
　哪一個不生趣盎然
勝境融入心底啊
　激起思潮情瀾
一時不可名狀啊
　只覺情急難言
心裡如火如荼啊

嘴裡囁囁舌顫
莫名啊渾沌
心悸啊喃喃
長吁撫臂仰天啊
十足的醉美癡漢
激情沖頂啊
醍醐直灌
感悟內焚啊
五腑六髒翻
不是解說詞的老套
也非導遊的讕言
不是書本的美啊
而是美的活鮮

屬於自己的美啊
才是心靈的發現
才能在記憶深處啊
回味三峽的家園
讓無盡的奧妙啊
與你終身相伴
從此完成哪
從外在的三峽美
靈魂深處的呼喚
把三峽的億萬年啊
同每一個你
一體緊連
美的共用啊

凝固那山河的認同感

常在大江行啊
心中也沖波逆瀾
常登高山頂啊
風雲髮際飛翻
天賜的大美三峽啊
給予的焉可量算
水泥高樓的都市啊
分工肢解的腦癱
機器編程的奴隸啊
總渴望綠水藍天
洞穴生長的蝙蝠啊
只習慣黑暗

陰河裡的魚啊
已然失去雙眼
地窟裡的土撥鼠啊
只會把暗道亂鑽
君不見太史公啊
遍歷名山大川
滄桑巨變啊
歷歷踏勘
方有無韻離騷啊
史家開山
十五仗劍行啊
豪氣沖雄冠
不越劍門險啊

哪來〈蜀道難〉
太白游四海啊
斗酒詩百篇
一覽群山小啊
少陵立泰山
濤聲日夜枕啊
夔門冬夏觀
病吟草堂詩啊
天下士子寒
君子萬里行啊
讀書破萬卷
放眼青天外啊
歷數山外山

揚帆濟江海啊
視野天海寬
三峽冠世界啊
遊歷胸襟展
造化鍾靈秀啊
人傑生不凡

當你的焦距對準
雄奇的夔門
感歎那天下的壯觀
已被你攝入光圈
或者把腳架長焦

對向神女峰巔
悠悠候著那
出岫的白雲一片
來日向影迷講述
這精彩的瞬間
或者你用雙手捧喝
巴霧峽的清泉
把爽然透進肺腑
你可曾想過啊
攝取的僅是
三峽的片段
慷慨的三峽笑啊
不過是萬千的一點

還是那東坡老鄉啊
悟道橫側縱豎看
然而就給這一瞥啊
也是窺豹的一斑
從眼前的景啊
去拓展無限
讓定格的美啊
去生發浪漫
此時的勝景啊
可化為美的永遠
把時空的碎片啊
連綴成記憶的伸展
不斷的發現啊
演化美的疊換

啊，三峽
映入了多少雙眼啊
便有多少三峽的夢幻
有多少雙眼中啊
三峽就有多少面
千萬人心中的三峽
把三峽的美連片
不同的方方面面啊
仍舊難組成美的完全
多少代的深究啊
多少眼的細探
總也看不夠
三峽的美啊
誰又能稱收完

無論任何時候
三峽都讓你新鮮
美的生生不息啊
總是變化萬千
陰晴霧雨啊
冬去春還
每一眼都不同啊
每一看都魔幻
讓人神往啊
盤桓流連
不是溫故求證啊
而是親切的體驗
每一次走進三峽啊
都是情感的加鞭

那塵封老窖的開罈啊
生命境界的躍遷
當千萬人走來三峽啊
澎湃滿腔的驚歎
隨大江奔騰啊
與高山交感
淨潔每一顆靈魂啊
美化每一畦心田

啊，我的三峽
山川秀的不竭之源
形神美的永恆家園
華夏精魂的胎盤啊
偉大文明的搖籃
未來生發的秧田

七

是誰？偏把詩心掐尖
讓長出的縮回那
歷史的遙遠
讓萌動的胎音啊
胎死成那
永久的遺憾
讓一個詩的民族
把詩的臍帶掐斷

就連那秭歸山上

白石雕塑的屈原
也免不了啊
再次溺斃的劫難
清癯刀削的剛毅啊
隱隱淚痕未幹
又像孤影彷徨啊
青草垂露依戀
汨羅江的清波啊
可載詩人哀怨
第一次是自盡啊
時下卻是暴殄
不僅吞沒詩人啊
還把家園抹完

以神聖的名義啊
卻把神聖清算
不幸的詩人啊
遭遇兩次水淹
前次憂國憂民啊
〈離騷〉絕唱千秋傳
今回鄉土蕩然
詩人欲哭淚已幹
端午節的龍舟啊
糯米粽子萬千
千秋的吟頌憑弔啊
朝野舉國的懷念
自詡是楚人的後裔啊

策畫了淹沒祖先
再不要文脈因襲
再不顧血緣繁衍
前無古人啊
華夏劫數千萬年
後無來者啊
普天之下誰比肩
詩人過峽吟啊
一吐胸臆風散
潑墨江峽丹青染啊
只為美流人間
高歌樂奏啊峽江
激情澎湃誰眠

偏有三峽過客啊
滿腹江山謀算
以科學工程的利器啊
以造福建設發端
在堂皇專業的天平上
唯有功利的算盤
從不顧天意幾何
也不信人心無偏
緘默對山河破壞
更不知那文脈薪傳
任狂悖肆虐啊
只信手握大權
當今世界殊啊
風流人物領銜

水泥大壩的澆鑄啊
　鋼筋鐵骨的燒焊
這是實在的硬物
　可觸的宏偉永遠
日夜流淌的江水
　是天大的能量失散
天下的江河啊
　都是大壩千萬
人為的分化啊
　學科的精專
不怪物象的幽微啊
　也不罪認識的探源
偏讓那工具理性啊
　釀就了話語霸權

策畫於密室啊
　決策大權獨攬
再借助一邊倒啊媒體
　鋪天蓋地宣傳
施工投標啊
　一番粉墨戲演
登臺省部級高管
　工程集團壟斷
從認識決策施工
　操控系統謹嚴
可憐浩浩大江啊
　悲夫煒煒壯觀
被科學嫁接專權

慘烈攔腰斬斷

八

檢閱了遊行狂熱啊
天安門城樓放眼
揮手宏圖一劃啊
煙囪林立連片
從此古城北京啊
毀敗不可逆轉
把工業當作發展啊
建設與破壞相伴
建築家的悲呼啊
被馬達雷鳴轟淹

史學家的申述啊
西風螻蟻哀怨
首都的悲劇啊
在九百萬平方推演
破舊立新的瘋狂啊
民族浩劫罹難
狂亂的休止啊
從未終結人定勝天
三門峽的慘痛啊
有一次三峽重現
歷史的教訓啊
相似的螺旋
無助的三峽啊

無論多麼俊俏的山
多麼奔騰的瀾
都只能囚禁在啊
紅頭文件上的圓圈
奔湧的激情啊
凝固為水泥構件
高聳的雲峰啊
泡足矮了多半
就連三峽的名啊
也被「庫區」偷換
滿足了征服感啊
肢解了自然
大壩的冷酷啊
桀驁地宣示了
對三峽的輕慢
電能何其多啊
三峽獨立天
若為電力故啊
毀峽何其冤
文脈毋庸再傳啊
詩人不再湧現
丹青描畫大壩
樂舞歌功翩翩
華夏民族的精神啊
全是冷冰冰的機器轉
決策的天平上啊

只相信實力鐵拳
國力的強大啊
唯有計算的兌現
歷史和文脈啊
縹緲如雲煙
生態和移民啊
不過是利益置換
說什麼道心惟微
聖跡文傳
贊生命川江號子
棧道拉縴
畫生命紅葉秋霜
白帆點點
不是落後啊

就是封建
大踏步的前進啊
破舊換新顏
三峽大壩截啊
江流化為電纜
難聞山鳥啼鳴啊
拍岸雪濤喧
高峰啊矮化丘山
江河啊截為數段
森林伐啊水土流
沙塵暴啊陰霾天
濁水橫啊地污染
灌耳滿目啊
凱歌高旋

這一切啊
都以建設的名義
革命的手段
拋棄了祖先啊
毀壞了江山
天啊怎不怒震
江啊怎不浪掀
大地啊怎不激憤蓄
高山啊怎不澎湃喧

九

啊，三峽
一九九二清明前啊
決議腰斬的宣判
紛紛的冷雨啊
淒淒飛滿天
二年後的三斗坪啊
鑼鼓聲震彩旗展
開工典禮啊
把屠江的儀式追添
丁醜立冬的料峭啊
目睹了大江腰斬
混凝土的巨石啊
砸向大江千萬
從此長江巨龍啊
脊樑骨徹底斷

癸未的春夏啊
　高壩閘水關
聞所未聞的馬鞍水啊
　逆流千里倒灌
無數的魚蝦龜蛇
　蚯蚓青蛙螻蟻
屍橫水面江岸
甚至高崖的雛鳥啊
　巢穴也未倖免
連同那舉國的惶恐
　肆虐無忌的非典
把神州大地啊
　拖進了萬劫深淵

就在此時啊
　告別三峽遊的鬧劇
　炒作熱鬧非凡
眼看母親被肢解啊
　卻把母難賣錢
「公主」「王子」接踵啊
　吆喝豪華遊船
鶯歌燕舞一派啊
　偉業三斗坪爆炫
看不見移民的淚眼啊
　聽不見船夫的悲喚
全不聞詩人的哀號啊
　唯有那崛起的大壩橫蠻

誰見過如此的悲哀啊
一群奏著凱歌
操刀弒母殘
一群未待母死啊
喜滋滋把喪事操辦
還有一群啊
痲木地一旁呆看
喃喃自語啊
與我何相關
啊，三峽
啊，長江
這是什麼子孫啊
竟有如此厚顏

腆臉把長江母親喚
想一想啊
都讓人啊
渾身寒戰
怒火心底裡燃
大江默默流啊
大山靜靜看
不肖的子孫啊
豈能沒有肝膽
三峽的血債啊
三峽要索還
三峽的長風啊

颯颯的呼喚
逝去的智者啊
　還未走遠
嘔心的蒼勁啊
　剴切的預言
在峽谷裡轟鳴啊
　在藍天上伸展
無盡的洪流啊
　把泥沙卵石淤積壩前
放清水下瀉啊
　沖刷陡坡崩岸
萬噸船隊啊
　洪水載的曇花現
工程的經費啊

只是與時俱進的預算
移民的不穩啊
　遷走禍已分散
江水日趨汙啊
　自淨功能銳減
自詡了不起的電能啊
　也僅全國電量百分之三
上下的氣候啊
　影響不可測算
千古的罪人啊
　永跪在白帝城山
聽那貿然征服的先主
　永把罪孽悔懺

再讓三峽的子孫啊
唾棄千萬年
預言的應驗啊
老水利人的哀惋（註一）
隨江流滔滔啊
伴青山傲立江岸
悠悠白雲飄來啊
化作輕煙淡淡
被禁錮的江河水啊
要沖決任何阻攔
水往低處流啊
大海萬水的浩瀚
誰能抗天道民心啊
就將被大潮吞淹
勸君切莫小覷啊
大江的力量
永恆永遠
大山的耐性
無界無邊
自然的報復啊
天道的應驗
人心的向背啊
歷史兌現
啊，三峽
你是什麼啊
造化了億萬年

集天地的靈秀啊　　華夏元神的山川
　養育華夏億萬
你這旺盛生機的子宮　　浩浩走來遠古啊
　民族精神的胎盤　　冰雪臥藍天
成千上萬的物種啊　　把野曠融高潔啊
　生息繁衍之源　　宏萬里大願
大江的流啊　　飄那一路的清白
　前浪推啊後浪翻　　自由的雲衫
巫山的雲啊　　帶上山鬼的幽思啊
　生發啊神形變幻　　神女千秋苦戀

註一　黃萬里，水利學家，清華大學教授，反對建三峽大壩，並預言，如三峽大壩上馬，將會出現十二種災難性後果：一、長江下游幹堤崩岸；二、阻礙航運；三、移民問題；四、積淤問題；五、水質惡化；六、發電量不足；七、氣候異常；八、地震頻發；九、血吸蟲病蔓延；十、生態惡化；十一、上游水患嚴重；十二、終將被迫炸掉。

擁雪浪千疊

絕壁壯行飛湍

三離三別的撕裂啊

詩一吐的酒酣

一瀉千里的豪氣啊

脫韁出萬山

浩浩未來擁抱啊

托紅日證婚啊

把三峽融入蔚藍

大江的自由啊

天闊海寬

啊，波光清風泛

……

……

二〇一五年四月八日

於無名堂

跋

自上世紀九十年代初，便動筆欲撰此詩。也寫就些許，但總覺飄飄的，份量太輕。再者三峽工程仍在爭論，好多事也還看不清。至閘蓄水，再到高壩橫立，又過了幾近十年，好多先前的預言，也都逐漸應驗。對三峽的認識，素材收集，尤其是戊子年武威一病，頓生時日緊迫之感。凡此種種，讓我覺得該動筆了。

我是重慶人，自下在江邊長大，可謂巴山蜀水養育；三峽，打斷骨頭連著筋。截斷大江，築壩三峽，豈能無動於衷？三峽，自古中涵巴渝，上溯川蜀，下連荊楚，巴蜀楚水乳交融，血肉一脈。從塗山氏唱出峽江第一首詩伊始，大江的詩便千古不絕。故秉屈子哀國之殤而吟〈離騷〉，賦此《三峽九歌》以哭我三峽之殤也！悲乎，鄉土之根；我乃中國人，炎黃一脈之承。漢種、漢語、漢文、漢風，化育吾輩之身心。長江罹此大劫，豈能安之若素，而無淚乎？昔有長歌當哭之謂，唯冀以此長歌，能匯入滔滔大江，為我三峽一慟也！倘能引同胞為之灑一掬熱淚，吾心可慰也。哀哉，華夏之魂；我亦地球之人，生死與地球同在。立於高天下，厚土上，飲江流，呼長風。值此地球遭此殘害之際，豈能聽之任之，而不奔走呼號？自古謂大悲之聲天地共振。吾之長歌不敢存奢望而博浪彩，僅欲為返璞歸真，順自然之大道而發心聲。嗚欷，人文之本。

此詩脫稿之際，恰逢清明時節。書此以悼先人千古並祈三峽再生！

啊，大江！
你這自由的天生
為何大爛刀橫

筆者謹識　乙未年清明後三日於無名堂

又及

此詩的問梓，蒙多方襄助。

先有周教授祝瑛女史。伊與我相識三十餘年，記得二〇〇〇年伊在臺北送我幾本書，有高行健的，有周教授自撰的。其時，高行健剛獲諾貝爾文學獎不久，大陸對其獲獎頗尷尬，態度曖昧。故買不著高君之著作。蒙祝瑛贈得有一睹。而給我印象深者，卻是祝瑛的書。彼時已為政治大學教授之伊，早年竟歷盡艱卓，日與案板刀俎為伍，甚至小學作業本也常膩膩，黏帶骨渣。我嘗以為吾等在大陸上山下鄉，早年多磨。不料祝瑛在臺亦不易。看來早歲之苦辛，對人之茁壯未必全是不幸。吃過大苦之人，有信，有品，吾信也。

別後久疏音問，今次借多媒體竟能重獲音訊！而且，我實在是有事才登三寶殿：凡伊聯絡聯合文學社出版事宜。蒙祝瑛慨然援手，實在感激，書此以銘。竊以為周教授幫我，一為友情，二當相信，我為三峽賦詩是該做之義。

次有香港中文大學蔡教授寶瓊女史。此詩尚在襁褓中，便得蔡教授關注。那還是二十三年前，余應邀到香港中文大學訪學。其間蒙寶瓊女史安排，講解〈三峽問〉（此詩兒時之名）。聽者雖僅數十人，但氛圍祥和，熱烈。此詩草成，亦蒙寶瓊女史援手，聯繫在港出版事宜。實讓人感銘。

另有香港中文大學肖教授今女史，亦慨然援手，熱心聯繫出版，其真誠與實忱，既是對筆者的友情，更是與其長期致力保護環境，熱愛自然攸關。

香港魏進添先生，乃吾弟子，其志向學。雖身患重病，卻牙關緊咬，歷八載之艱辛，終完成論文，榮登授位臺，獲博士學位。伊亦帶病奔走，聯繫此詩出版事宜，讓吾感懷。

上述諸君所聯繫出版，雖未克功，但其熱忱，則不能以成敗論。何況，時下之出版業本已因電子媒體衝擊而不景氣，且詩之發行，多不賺錢。詩之出版難，本在情理之中。

此詩終能付梓，得感謝孫教授杰遠博士。杰遠，吾之弟子，西北漢子，天性爽朗，熱情。得君援手，終得萬卷樓出版公司諸君鼎力，在此聊表謝忱！

筆者又識，乙未八月初三

文化生活叢書·詩文叢集 1301026

三峽九歌

作　　者　斯　夫
責任編輯　蔡雅如
特約校稿　林秋芬

發 行 人　陳滿銘
總 經 理　梁錦興
總 編 輯　陳滿銘
副總編輯　張晏瑞
編 輯 所　萬卷樓圖書(股)公司
排　　版　菩薩蠻數位文化有限公司
印　　刷　百通科技(股)公司
封面設計　斐類設計工作室

發　　行　萬卷樓圖書(股)公司
臺北市羅斯福路二段 41 號 6 樓之 3
電話 (02)23216565
傳真 (02)23218698
電郵 SERVICE@WANJUAN.COM.TW
香港經銷
香港聯合書刊物流有限公司
電話 (852)21502100
傳真 (852)23560735

ISBN 978-957-739-980-9
2018 年 11 月初版二刷
2016 年 1 月初版
定價：新臺幣 320 元

如何購買本書：
1. 劃撥購書，請透過以下帳號
帳號：15624015
戶名：萬卷樓圖書股份有限公司
2. 轉帳購書，請透過以下帳戶
合作金庫銀行　古亭分行
戶名：萬卷樓圖書股份有限公司
帳號：0877717092596
3. 網路購書，請透過萬卷樓網站
網址 WWW.WANJUAN.COM.TW
大量購書，請直接聯繫，將有專人為您服務。(02)23216565 分機 610
如有缺頁、破損或裝訂錯誤，請寄回更換

國家圖書館出版品預行編目資料

三峽九歌 / 斯夫著.-- 初版. – 臺北市：萬卷樓, 2016.1
面；公分
ISBN 978-957-739-980-9(平裝)

855　　104027560